赤腳而行

丁口

赤腳而行

目次

二、點選，生活滿意度

三、化不開的緣分

輯二　失控的地平線

一、生活的遷徙

二、地獄沒有荷花

三、放逐・山河

推薦序

裸足踏走奇境祕處——淺讀丁口的詩身世

佛光大學中國文學與應用學系副教授／田運良

詩脫下鞋履，赤腳感知這片文學土地，生命行旅的每一舉步踏行，滿紙足印都是與世界社會的交鋒探觸碰撞，都是和生命心靈的裸裎坦白救贖。丁口《赤腳而行》詩集正是如此豪情擎幟、勇敢堅卓從生命深處裸足徒步行來，執筆帶領辭句踏走詩遠途，踩過意象現實的界域交疊、闖越情感夢想的經緯互織，烙下七十二首足印履痕，以詩相認我己文學身世。

才初翻閱整札詩集，即感受到其所雄猛襲臨的洶湧激盪，再而好奇吸引且徘迴流連，一口氣終讀全冊風華……但其實之於詩人的模樣形貌、乃至文風筆路都甚粗淺陌生，還真不認識、惶說熟稔交心，印象中似乎是哪天某日路過詩刊篇頁或報紙版面，不意撞見幾首炫映耀現的詩采光影，屢屢突兀驚豔而再再投以注目，一次兩回三趟……的文學偶逢巧遇，伴隨詩光炫目的不斷牽動，從旁跟著詩一起經歷其之故憶記憶回憶，而終慢慢看清其容顏貌相、識得其性格品味、瞭然其風格氣韻的，她、丁口。此間，再逸覽細品這冊精心企劃綜整彙總且分篇編章類首的詩壯景，始於探見書中筆下的離蔚豐饒那裡，藏有一座斑斕綺麗世界。

循著這群詩的執幡引領，翻讀文句犁出萬千條的情感深痕，就好像在時間隧道裡踽踽巡行，或快或慢或輕或重或深或淺，跟著詩走、跟著詩陷墜攀升、跟著詩虛實以對。至此，詩句步步終也拓踏出一整曠野無垠的生命疆土、一片廣袤幅員的記憶版圖，甚至佈著不同時代階段、不同情境氛圍、不同人事物景，總可以感受到篤實有致的呼喚吶喊，那些發聲都像越過不同地形地貌悠揚傳來，如風清柔吹拂葉隙草尖，尤有色彩氛圍溫度，甚至包含時間裡沉澱的幾許韻味，乃至以為詩要結束，卻暗藏另一預言或巫言的開端。

《赤腳而行》各分「從骨架遇見活著真諦」與「失控的地平線」兩大輯東南西北大器邁走，一詩一步地踏出生命旅程中的光亮暗影、希冀失落及喜痛冷暖。

歸回錯走歧路的曾經來處：從骨架遇見活著真諦

輯一「從骨架遇見活著真諦」開篇透入探討生命本質與存在意義，其帶有強烈的悔悟反思意味，表達急切想要回到初心原點、修正誤謬的償贖心理，有如歷經滄桑後錯走人生歧路，驚醒反省而歸回曾經來處，頗有自我悟覺之態。

「難得成詩」系列詩篇描繪身體心靈的療癒過程，如〈戒酒〉、〈戒菸〉、〈療癒之一〉、〈療癒之二〉（此四詩為第三屆「人間魚詩社年度金像獎」首獎評選作品），作品充滿紀實感，折射出生命中無法逃避的痛楚與希望。

其中〈療癒之一〉以醫院場景為背景，透過細膩的觀察描寫病患的艱難處境、醫護的關懷溫暖，以及疾病伴來的種種心理生理挑戰。詩中運用諸多對比技巧，「苦與哭是疾病之旅」凸顯身心煎熬的旅程辛酸，「心電圖不是歡樂頌節拍」則帶出醫療環境與歡樂世界的距離，「緊握著珍珠奶茶，填胃」此細節真實具象，展現人在病痛中依然追尋小小確幸。詩的整體語調帶有淡淡哀愁，但又透露出一絲未來企望，使之感受到「療癒」並非單純的醫藥治癒，而是一種撫慰過程、一場蛻變旅程。

而〈療癒之二〉的語言更為抒情入心，從「戀母情愫」到「祈禱聲」，再到「愛的雙面膠進入家屋」，詩中融入對家庭、愛與成長的思考，且以「戲劇」為隱喻，言說人生如舞台變幻般的無常，情感也隨之更易轉換。「彩妝由眼到心，顏色／轉動了時空旅人的路途」語帶視覺畫面感，象徵人生角色變遷與情感層次。「請勿輕易流下感動之淚」似乎提醒在療癒過程中，淚水並非唯一的出口，還有更多的觸情途徑能感染理解與承擔過去。「關不住要成長的種子／悄悄地冒芽，悄悄地伸展」則以植物生長之喻，帶出療癒後的新生與成長可能，巧譬甚妙。

「點選，生活滿意度」系列則試圖從日常點滴中尋找快樂與意義，如〈伏筆〉、〈思鄉的光合作用〉、〈俯瞰生命〉等詩，都展現對生命細節的敏銳觀察與深刻思考。

〈俯瞰生命〉極具張力與社會意識，透過火災的現場實景，寫出生命無常、英勇救援與壯烈犧牲以及災後困境。詩以細膩視角敘述「傍晚加班的旅程／書寫最後一程」，層層遞進「火光照亮天空／錯過關鍵時間的求救」、「打火弟兄拚了命／向前衝，最後的英勇」視覺強烈衝擊，至最終「俯瞰生命的長短調／火場使作業員腦袋空白」、「打火弟兄將入忠烈祠／失能的人群何處可歸依」對生命無常與社會批判的悲傷反思。此詩不僅是對罹難者的悼念，也是對社會的嚴峻質問與警示，很有感染力與啟發性。

而〈思鄉的光合作用〉則就「思鄉」核心主題，巧妙運用「光合作用」生物學概念，表現思鄉的情感變化，從都市漂泊、鄉土回憶，到內心孤獨與安頓慰藉，象徵離鄉遊子在異地尋找滋養心靈的能量，哀愁思念卻不過於沉重，還帶著內斂的自我剖析，形成循環的情感軌跡鑽入人心。其中「吞下思鄉的光合作用」、「陌生感使眼眸向光影交錯」等，詩意更加深邃，讀來耐人尋味。而結尾的「如何將恬謐植入心靈呢？」留下了餘韻思考與回味共鳴。

「化不開的緣分」系列中，梳理交織的情感牽絆與內心迴響，詩篇如同赤腳踏過不同的地貌，時而柔軟暖心，時而顛躓生疼，卻都是旅程的真實印記，一如〈赤腳而行〉、〈無罣礙的哲思〉、〈光的舒展〉、〈化不開的緣分〉等詩，如同微光，照亮內心最深處的情感延繼。

與詩集同名的〈赤腳而行〉詩寫層層推進，從擺脫世俗、擁抱自然，到精神純淨超越，清新簡潔而富有哲思，透過「赤腳」以象徵擺脫束縛，深懷純真自由，描寫外在環境逐漸到心靈深層，最終高度昇華為保持童心、享受生命最簡單的快樂。詩裡「不用解釋時空的灰暗／紙上需要一切空白／泥地的痕跡才是自然」意味不必糾結往昔陰影，留白反而能帶來更多可能性，「拾起落葉讓夢更純淨／伸出雙手感受清風／迎來假期的遐想」，將大自然與精神狀態相結合，暗示與自然的親密接觸能洗滌心靈。

與系列同名的〈化不開的緣分〉圍繞「緣分」主題概念展開人生旅程裡的錯過、際遇、記憶、哲思與歸屬，構築朦朧而深遠的氛圍，詮解光陰時間、記憶情感的繁複交織。「撿不起一片記憶／回首一陣春風而過」回憶如風，難以真正拾回，暗示生命的流動性與不可挽回的過去，「笑容是簡約城邦的回音／我們需要點斷捨離」，笑顏以對緣分的無常、成長、遺憾與放下，「街燈點起陌生區域／人行道的孤寂或落寞」將詩的結尾帶入更開闊的視野，讓緣分與孤寂並存，形成詩意的餘韻。

探問現實坦然告白的悟省儀式：失控的地平線

若說輯一「從骨架遇見活著真諦」是對生命的理解與體悟，輯二「失控的地平線」則將筆觸轉向更深邃的探問，更是對現實世界的抗衡與質疑。其對私我情感的梳理告白與共感昇華，詩句鋪陳如同一次次漫長深刻而慎重的悟省儀式，向外揭示、請其見證掙扎與坦然，同也勾勒沉重告別的心靈深痕，以虛幻又真切的筆觸真誠回應。

「生活的遷徙」系列展現在時代變遷中的流轉與適應，如〈勾選，願望清單〉、〈夢的暖色系〉、〈心靈天秤〉、〈苦澀之信仰〉等作品，描繪出個人在社會洪流中的掙扎與取捨。

〈勾選，願望清單〉透過現代生活的碎片化場景，描繪個體在選擇遺忘間流轉、社會生活中變遷的內心狀態。其以「願望清單」作為象徵，反映現代人對未來的期許、對過去的回顧，甚至對現實的逃避，跳躍式意象與疏離的語言風格，使整首詩充滿哲思與都市感，並帶有淡淡的孤獨與無奈。「湮滅為朝陽重生一次選擇／選擇生活的路線方位／你的姓名將在地圖打卡」就如實勾選願望清單，暗示過去消逝並象徵新生，生命在經歷毀滅後，仍可獲得重生的機會，尋找自我定位與選擇未來的哲思。

〈心靈天秤〉抒情以寧靜、反思、詩意的人生哲學，透過生活細節、內在省思與時間流轉，構築出平衡與和諧的氛圍。「我們將未來交給獨處／下筆，分類自己的過去式／收尾，等待晚霞的進度表」隱喻思考與整理，對過去的整理與接受，為未來留下空間，而晚霞既象徵時間之末，也暗示人生進程的節奏、平和順應的態度。「承載我們相同的足印／練習寫字的嗜好／詮釋筆畫的密度與張力」透過足印與書寫的層次意象，傳達人生軌跡、記錄與詮釋自我的哲學思考，內容豐富性與思想厚度、體現文字力量與情感波動。

「地獄沒有荷花」系列則是一場對殘酷現實的對峙，冷冽而真切，〈煙硝的棄子〉、〈失控的地平線〉、〈埋葬靈魂〉、〈地獄沒有荷花〉等詩充滿酷峻與無奈，這些詩句宛如明鏡對看，映照出世界的矛盾與不安。

〈煙硝的棄子〉以戰爭為主題，描繪動盪時代下無辜生命的流離失所與命運遺棄。詩中透過殘酷的現實與象徵性的對比，表達對戰爭的控訴，以及對人性與和平的渴望。「死角的蜘蛛網，理解／貧窮與難民的流落／人道關懷的虛詞／不值錢的文字，哀哀嚎豪」以蜘蛛網暗示被困住的命運，難民無能掙脫，貧窮與戰火交織形成無盡的循環。直指國際間虛偽的「人道關懷」，強權口頭上談和平，實際上卻無動於衷，導致無辜者繼續受苦。「我們是煙硝的棄子／焦黑的樹葉／沙地的磚頭／廢棄的公寓／斷電，斷水，斷糧」將人比擬為戰爭後的棄子殘軀，彷彿生命已經沒有價值，只剩廢墟與灰燼，令人無盡絕望。這首反戰詩以具象化的意象、破碎的敘事結構，刻畫戰爭無情與人性淪喪。詩句中充滿控訴、無奈與悲涼，同時對國際社會的冷漠發出質問。

與系列同名的〈失控的地平線〉極具張力的反侵略詩，以戰火下的混亂與絕望為主題，描繪世界被煙霧、死亡與無助吞噬的景象。詩中意象強烈，語言簡潔有力，通過意境的層遞進展，呈現戰爭對人類與家園的徹底摧毀。「聽不見說話的聲音／防空洞的體溫漸漸下降／生還者無法言語／

沙塵滾滾是場夢魘／失控的地平線」無聲的恐懼與死亡充斥戰爭帶來的沉默與恐懼，防空洞原本是躲避戰爭的庇護所，卻因環境惡劣，逐漸變得冰冷、絕望的失控地平線且象徵著個人歷史與文化的斷裂。「泥沙覆蓋臉龐的死寂／心靈的荒煙飄逸／勾起集體意識的無助／不愛冷清的城邦／誰在剪接停火的假象？」詩的最後帶出疑問：「停火的假象」暗示國際間的和平談判只是表面的政治手段，並沒有真正解決問題。最終尖銳質問，究竟誰在控制戰爭？誰在決定停戰與否？戰爭的結束真的是和平的開始，還是另一場衝突的前奏？語意既是對政權與強權的質問，也是一種對人類社會現狀的無奈。這首詩不僅是對戰爭的譴責，也是對人性、和平與命運的深沉思考。

而「放逐．山河」系列則是一場向舊憶鄉愁與念想交錯的遠行，回望並致敬感恩的人事物歸屬，無論是〈鄉愁八千里〉、〈雙村藏詩篇〉，還是

〈遠方有極光〉、〈唯有花開〉（均是組詩），都蘊含著思人憶人懷人贈人的謙卑想望及誠懇感恩。特別對〈雙村藏詩篇〉致敬瘂弦前輩之作尤為觸動，此長篇敘事組詩甚具生命厚度與時代記憶，通篇貫穿著流亡、戰爭、離散與鄉土情懷，交錯著個人家族與民族歷史的滄桑變遷，通過口語化與抒情化相結合的筆法、細膩而深沉的筆觸，將家族史、戰亂史、個人情感史融合一體，鋪展數十年來從戰火顛沛、逃亡求生到異鄉扎根、回望故里的複雜情感，呈現近現代動盪歲月中的生存掙扎與心靈堅守，其當是此滄桑回憶錄之詩意詮釋。

讀罷全冊詩風景，就像才剛裸足踏走過一片未知的領地，有些奇境柔軟如綠茵散策，有些祕處崎嶇如碎礫顛躓，寫著寫著的行途上有之悲歡進退往返，甚至對遠方投以豐厚的執念想像、敏銳觀察與深邃思考，彷彿回應著彼端如漣漪般波蕩開來的細微反饋，同也一一記住與文學共存的那些片段畫面之氣溫厚薄、陽光深淺與潮浪來去，遙遠日常變得趨近親密交融，且更值得紀念記憶寄託。

在《赤腳而行》字裡行間一次次與生命交織，踏進時光縫隙與詩句交握，再再支撐詩人內心真實樣貌之最強悍的我執。無論如何，這條踩遍詩足印的或康莊道途或蹊徑狹路，終將通往最最真實的，我已詩身世。

自序

瘋與傻於鏡子中搖擺

《赤腳而行》是我的第三本詩集，此書收錄的詩作發表於《人間魚詩社月電子詩報》與《人間魚詩生活誌》，創作核心以「編年詩人」、「反侵略」、「攝影詩」等主題徵文。其次是報章雜誌刊登的詩作，我以詩歌明志，並作為人文關懷精神的出發點。在二〇二三年以〈戒毒〉、〈戒菸〉、〈戒酒〉等詩作榮獲第三屆「人間魚詩社年度金像獎」首獎，由評審楊宗翰老師點評：

當我閱讀完這位創作者所有備審作品時，心中馬上浮現了三個字：「心」、「醫」與「療」。在作者筆下，城市會「心慌」，人們有「清醒的心」，也會用「天空之淚洗滌心情」；「醫」之場景與「療」之行為，在詩中亦屢屢出現，卻又不是機械條列或刻意展示，筆下仍能保有詩之質素，值得嘉許。

頒獎典禮後，接受《人間魚詩生活誌》主編郭瀅瀅採訪，在其專文〈在疾病與療癒之間寫作〉提及：

在丁口的詩裡，常見藥物、酒精、檢驗單、心電圖、診斷證明……等關於診間物件的詞彙，及對疾病與療癒、光明與黑暗間擺盪的心理描寫，勾勒出了診間生活的具體面貌，也顯示了詩人作為第一線醫護人員，心裡的悲傷、無奈與同情。也許，它們也反映了丁口身處於疾病時的狀態：在痓癒與症狀復發裡循環。而寫作，也許正是疾病背後的祝福，如同她說：「我不會因為病而自暴自棄，相反地，它是我創作的一種助力。」

隔年，黃聖鈞導演拍攝〈戒毒〉，在二〇二四年第四屆「人間魚詩社年度金像獎」會場播放，黃導演提到創作理念：

詩人丁口的詩作〈戒毒〉，書寫戒毒者在過程中的苦痛與拉扯。我有幸能在拍攝前與丁口見面，作為護理人員的她，不僅分享她在診間裡的所見所聞，也坦白訴說自己的病症經由神經傳導造成身體的變化，與戒毒者的戒斷現象有相似之處。這讓我確立影像的主軸——戒毒者與護理人員之間擁有的共同連結。

〈戒毒〉收錄在二〇二三年出版的第二本詩集《從愛醒來》，詩歌最後一段描繪戒斷症的樣貌：

病弱的身軀無法再復原
破碎，理智腦的判斷
親密的人紛紛離去
損失，感性腦的浪漫
癮君子身上的臭味，睡
流口水的顫慄難安，醒
慢慢消耗了體能
慢慢逝去了平衡
慢慢放棄了感知
瘋與傻於鏡子中搖擺

此詩是我遇見戒毒者就醫的情景，醫病關係中，醫生扮演重要引導角色，不論是信心喊話或開立藥物，並與患者討論生活狀況，大副降低患者對於毒品的身心依賴。另外，將第三屆「人間魚詩社年度金像獎」的獲獎詩作〈戒菸〉、〈戒酒〉收錄於《赤腳而行》。

此書分為二輯，輯一「從骨架遇見活著真諦」涵蓋醫療疾病的交錯、心靈的感悟、對於信仰的祝福，其中刊登在人間福報的〈赤腳而行〉為詩集的書名，代表親近自然與天人合一的生活理念。輯二「失控的地平線」講述對生命的願望與期待，更參與「人間魚詩社」長期反侵略為題的徵文，有〈地獄沒有荷花〉與〈趴在地上的人再也站不起來〉等詩歌，及攝影詩「六種孤獨——小王子相遇的六個星球」主題寫作。詩集最後放入致詩人的長詩系列，分別向著名詩人瘂弦、大學恩師陳敬介、詩人江郎財進、詩人洪書勤致敬。

輯一——

從骨架遇見活著真諦

一、難得成詩

戒酒[1]

整個城醉了，無人關心
我們未來式的去向
腦袋裝滿素日的憂愁
裝滿不聽指揮的思緒
裝滿再裝滿濃烈的酒氣
勾引出慾望與紅色的禁忌區

酗酒的夜，冷言冷語
月光有張驗傷單
凌亂的家屋沒有愛與善
月光有張保護令
請您慢慢遠離，一滴滴
酒味破壞了親密關係

乏味的日子從一數到十
與這世界斷了連線
酒精讓人活在失意中
不記得昨天，錯過今天
打翻了酒精濃度，回到現在

低頭看著自己的不堪
退酒的頭痛，更思念舊夢
誰能喚醒生命的光輝
取代迷迷茫茫的
胡言亂語的黑暗角落
醫生聽過：再給我機會吧！

註 1　本詩為第三屆「人間魚詩社年度金像獎」首獎評選作品。

戒菸1

事情的謎團需要一根菸
肺葉稀釋壓抑的心靈
風聲包圍城的邊際
吸菸，點點圈圈
尼古丁配上日子的慾望
戒不戒歲月的壞習慣

二手煙殺了誰的呼吸道
光陰放出了喘息聲
退癮的體重漸漸攀高
遺棄的菸蒂是時間之霧
世界混亂的價值觀
窗飄出你是誰的疑惑

點起了紅塵往事
定格於抽不抽的緣由
兄弟的情義遞給口頭禪
滿天飛舞的老情調
古鐘響起於街頭巷尾
感性腦造就談判的細節

複習彼此不同的際遇
打開未知的香氣
撲向前方的菸灰缸
放下幻影與空色
《瘋癲與文明》[2]仍抽菸
人情味穿過時間之相

註 1　本詩為第三屆「人間魚詩社年度金像獎」首獎評選作品。
註 2　《瘋癲與文明》，作者為傅柯（Michel Foucault，1926–1984），法國著名思想家。

療癒之一[1]

清月是晨光的禮物
蝴蝶針侵入手背
你的眼對著天花板發呆
苦與哭是疾病之旅

清潔員經過醫院的迴廊
患者偷偷地抽根菸
病房的餐點，淡化慾望
護士的腳步給予溫暖

笑容是旅程的開端
生活的花朵由心靈綻放
夜空網著雨季的水腫

誰將赤子之心譜成兒歌
檢驗單呈現陽性或陰性
無眠是昨日的舊帳
此地無銀三百兩
發炎的歲月繼續打滾

心電圖不是歡樂頌節拍
誰的症狀需要嗎啡
醫護人員親上火線
緊握著珍珠奶茶，填胃

註1　本詩為第三屆「人間魚詩社年度金像獎」首獎評選作品。

療癒之二[1]

戀母情愫於雨季落下
鑲入春夏秋冬的記事本
戲劇是生活的真實性
流過夜的寂寞，淚
分不清睡與醒
勿管瓦上的風霜寒心

屋子前方聽見祈禱聲
登台的瞬間使愛變化萬千
彩妝由眼到心，顏色
轉動了時空旅人的路途
他們回收悲傷的氣溫
劇情迎來新人拋出花束

請勿輕易流下感動之淚
慢慢地鑽入祕密的地下室
心對心涵蓋不同感受：
體貼，溫馨，親密
這兒，那兒，此在
別，逗留於從前的傷疤

眼眸閃過許多傳言
門到另外一道門
關不住要成長的種子
悄悄地冒芽，悄悄地伸展
牆角是心靈底部的轉折
愛的雙面膠進入家屋

註1　本詩原刊於《中華日報》113／05／21。

從骨架遇見活著真諦[1]

手術刀劃開一道長線
重新認識自身的生命之旅
面對器官，面對血管
死過又再復活一次，教導
大體老師最後的心願

生命清單與窗邊相遇不休
是您，重新將疾病演示
檯面的您是多麼和藹
學生們落下真誠的淚水
從人體骨架遇見活著真諦

顏面至腳底，尊敬的理解

您的疾病苦楚與貢獻
眼角的愛穿梭於課堂中
攤開筆記，遺忘名字
陽光是打開了往事或塵埃

生命的繼續打亮彼此的直覺
那樣說不口的感動與心悸
不僅僅看過人體的風景
穿插青澀的心靈震撼
曾經的故事於肌肉或骨骼

註1　本詩原刊於《中華日報》113／05／21。

體檢[1]

壓舌板觀察咽喉的厚度
歲月的夢洩洪於每根白髮絲
足印踏入清晨的識別證
每條細節聽見不同的口音
你的住處是我們的落款

醫生輸入醫學專有名詞
不曾遇見的風中棉絮
從臉頰往下檢查甲狀腺
輕輕安撫患者心情的緊繃
心跳的頻率是血管相連寬度

你詢問過往的青春是場夢境

眼睛眨眨通過視力密碼
衣飾放置於椅子測量體重
身高是昔日的高傲氣昂
腰圍展現肌肉的強度

確認再確認，四十歲後
運動顯示你的體能與精神
握力數值是少年得志的履歷表
從眼眸到嘴形展現活力
健康祕訣藏在我們對話音量

挽起袖子於檢驗櫃檯抽血
針頭進入肌膚抽取各種項目

註1　本詩原刊於《中華日報》113／11／20。

紅血球與白血球對摺年紀
血液流入三月春暖花開
棉花輕輕壓過你的淚與汗

心電圖是你無法理解曲線
白袍症引發心跳過速
慢活為先生女士的優雅姿態
訴說職場打拚的氣魄
詮釋生命下半場的幸福

希望之屋[1]

白雪公主在動漫區
上演真人實境秀
恬謐的童年到成人禮
一點也不羞澀
三根燭光是誰的願望
從家裡叛逆的少年
從戶外野餐的幼童
一起追逐陽光與皮球

誰知沾血的蝴蝶針
打在罕見疾病的寶寶

我們都有記憶的懷錶

那樹洞藏有想像與靈感
坐在草坪打開繪本與零食
巫婆的糖果屋，進入
夢鄉的兒歌，夢鄉的童謠
窗台有抓不到的小精靈
遊走愛麗絲的歌聲中
跑過卡通片的時刻

兒童醫院的窗邊，剩下
白色的牆壁與貼紙

天花板的塗鴉，哄著
孩子的期待：

註1　本詩原刊於《吹鼓吹詩論壇》五十五號。

玩著醫生叔叔的壓舌板
拿著護士阿姨的體溫計
幼兒問含淚的父母
何時？回到家屋的玩具間
麥當勞希望之家，留下
童言童語的足跡

他們害怕大野狼奪走
唯一的期許，蠟筆

圖紙打造涼爽的城堡
聽說，不哭不鬧有明天
聽說，床邊故事成了習慣

點滴聲讓海綿寶寶舞動
灰姑娘與王子踏上
快樂步道與青鳥高飛
病童抱著玩偶入睡
隔日帶來出院的好消息

含淚的病[1]

點起一根菸絲，塗上顏料
線條繞過清晰的雨滴
不想天氣影響自己的情緒
一杯玫瑰奶茶遺忘擔憂
不堪的舊疾重複發作

星星與月濕透一件背心
吵醒了沉睡的書籍
找不到文字形容黑夜
找不到一顆藥丸，彌補我
彌補我，錯過的青春

與你，信件來往不休的論述

沒有誰贏在自我的謎底
猜猜看，明天有可能病癒
猜猜看，檢驗科的報告
腦部不正常放電的痙攣狀況

可以去跟誰訴說前因後果
頁頁日誌是唯一詩意
不准說紅色的恐懼，迷路的
走不出時間的顫抖與清醒
我的病情是含淚的夢境

註 1　本詩原刊於《從容文學》三十八期。

難得成詩[1]

無法入睡如星星的工作
腦海的平靜抵擋不了
身軀的顫慄，曲折的生活
沒有其他的想法，疲倦的夜
無法促成過往草稿為詩

問醫生，問護士，可否靠近
星空等待向日葵到來
正能量的語言聚集雲朵
校園的國語課本寫上詩詞
躲躲藏藏，起起落落

人際關係不懂得解釋

愛哭記號豎立青鳥羽毛
我有夢，南丁格爾的誓言
我有夢，中文系的緣分
他們說絕地逢生，非常難得

生死之間，選擇迎風的淚痕
不曾放棄，空椅的想像力
將要踏出苦楚的迷茫
走在暖暖陽光底下
疾病史是我的小自傳

註 1　本詩原刊於《從容文學》三十八期。

站在診間門口，喊號[1]

開燈的瞬間，展演誰的故事
我輕輕滑向患者的眼神
早上九點剛剛抵達：
誰又提出千奇百怪問題？
相似情景迴盪於不同的姓氏
他們問著時間越走越晚

他們的等待是青春的疾患
重新訴說凋零的昨日，陽性
不需隔離使光陰轉變，陰性
輕輕拿起體溫計，測量
人性的溫度是否合乎準則？
站在診間門口，喊號

下一位，請記得量血壓

疾病羅列在小小螢幕上
解釋歲月的磨合與可預期
流浪者之傷疤，三個月以內
健保藥局記住你的名諱
失眠的情緒由藥物控管著
慢慢評估你愛哭的季節
那些故事註記於病歷

遞出檢驗單，糖化血色素
高低不平的數值呈現
醫生解說他的五官變化

註 1　本詩原刊於《創世紀詩雜誌》二二〇期。

可重可輕的體重
決定給藥的刻度，刻出
生活日常的酸甜苦辣
頭暈暈的低血糖，來點果汁

拿出機票紙本，醫生啊
他將要展開新的旅程
半年後，分享健康訊息
時間消逝於醫病溝通：
過敏史，疾病史
接觸史，旅遊史
生活習慣決定病的程度

短期記憶在此刻銳減
生命的地圖於大腦萎縮
電腦斷層照出生活的足跡
長者坐在輪椅打瞌睡
他的回憶在稻田中奔走
家屬憂心地拿出巴氏量表
蓋上印章，貼上照片
醫生開立愛憶欣的處方籤
走向起伏不定的歲月

站在診間門口，喊號
下一位，請出示健保卡

二、點選，生活滿意度

生命的讚數[1]

我們的心靈無法定位
生活突發事件，恍惚之間
一首詩記錄在臉書上
疫情後，我們劫後餘生
書架的祕密不可見光
醫院的迴廊是患者們交流
呼吸是耳際的故事，與你我
似乎在現實與虛幻交錯

誰的情緒放大日子的細節
手指滑動生活的讚數
你將翻出幸運之輪
窗外陽光照映紅潤的臉蛋

智者算出日子的變數
氧氣機籠罩著谷底的思緒
愚者抉擇交叉路口
心海的潮汐呈現冷色系

手指滑動衛教網頁：
給藥的順序予你草寫
診間的音樂予我聆聽
架上的書籍予他閱讀
路燈為城市的照護
上班族的夜歸，放下背包
放下罣礙與雜念
喝杯紅酒，哄哄自己

註 1　本詩原刊於《更生日報》112／09／05。

小人物三日談[1]

一日談，破鏡

歷史的活化石
踴躍於造勢會場
選我，選我
百姓的需求聽見沒
買不起房子，買不起安穩
倒塌的房屋，住戶們

活在搖搖晃晃的害怕中
幾個紅包無法替代熟悉家屋
照片裂成二半，破鏡
打碎美好回憶與剛買衣服
掛在衣櫃的新衣，來不及穿戴

我們是城市的另種流亡

無名氏在家庭與工作之間
犧牲自己，犧牲沒晝夜的獨處
領導人員假裝睡著，他們說
談不攏的賠償金額與重建
別再有受害者，牆壁的裂痕
日月精華吸取因果輪迴

愛屋成為平地，帶不走舊物
怪手開挖成孩子的夢魘
天上降雨，夜幕使人難過
淋濕自己的眼睛與臉龐
為甚麼從平民成為受災戶

註1　本詩原刊於《更生日報》113／02／23。

小日子令人遙不可及

二日談，美人心計

夜店的酒醉，男女歡好
情感四處流轉，轉身背叛
亮刀在街頭是全武行
身體的衝撞是心靈震撼
救護車剛到，查看傷勢
我們不認識，女子躲一旁

需要冷靜，需要筆錄
案發現場的酒瓶任意滾動
那裡暴力，那裡搶地盤

兄弟義氣相挺衝第一
社會安全網的破洞
歸人的心慌走在道路

深夜遇不見愛的氣氛
吃醋，他們揮拳比力道
眼神飄出殺氣騰騰
溢出口角的鮮血
美豔是最狠的殺手鐧
短裙有不同的美人心計

鄰居聽見棍棒的聲響
電影的關老爺誤打誤撞
一切悲歌由心而生

情仇爆走由警察介入
住戶因窗外的吵雜
無法再次入眠

三日談。機車族

馬路的死角是黑暗的
少女經過道路
演變成仙女與照片
哭紅雙眼的親人
交通事件將美好生活
打亂家庭的小日子

機車族的十字路口

滑行擦傷，有驚無險
外送平台用時間與命運
賺取溫飽的基礎需求
看看客人臉色
看看店員不耐煩神情

紅綠燈下有著故事
傷亡是小人物的變數
砂石車是不認錯的視野
離開人間的人群
朝野沒有一個發聲支援
受難的苦日繼續輪迴

前進，愛之光芒[1]

（一）前進光的同心圓

陽光射入屋內的桌面
為一首詩，聽著你說過
字句代表環境與情緒
落筆之後，想像力
突出你我交手的正能量
心靈傳遞日子的平淡

不用訴說低潮期的暗流
流入城市的喧囂
或是，你我分心的步調
或是，你我緊張的痕跡

迷茫、慌恐、張望
讓人群擁擠於車廂中

一點毛毛細雨
日光仍在心中發亮
不再穿戴任何配件於身
形象不需經過漂泊
遊子選擇天涯的闖蕩
城內將為浪子換上新裝

前進光的同心圓
年節，收起雨季迎春
十二生肖運勢漫漫

註1　本詩原刊於《更生日報》113／05／09。

好壞難分的光陰
十二星座性格相異
善惡不離的心境

龍年即旺！

（二）以愛射擊生活

這裡有鬱金香與玫瑰
原地採集孤獨感
音樂是愉悅之原鄉
我們閱讀著時代的影子
子彈的時間轉移記憶

不再想飄泊他方：

「不想死亡，不想墜落
穿上戎裝，英姿煥發」

女人試圖抓著慾望之窗
優雅的姿態無法跨出心門
冬季的淚雨，滴答滴答響起
時鐘的覺察是夜幕之黑
懷錶的光影是牆壁之白
父權是種族的壓抑：

「母親支撐大地的能量

唇語詮釋情緒的風貌」

病菌切入生死瞬間
白色巨塔演繹生離死別
手術台是誰睡意濃濃
麻藥沒有退去的夢
每場對話被腦海錄影
我們是否以愛射擊生活？

「只願射出唯一的謊言
輕易地打發時間」

憂鬱是什麼樣季節

俠客行是明天的戰鬥
華麗與端莊是宴會矚目
雙手伸進情感的深淵
愛恨是無盡止的流水聲
心　將要交給誰呢？

野花叢[1]

一份孤寂的詩詞渴望著
被閱讀被討論被詮釋
文字的生命從人的思索
起端，清晨之麻雀吵醒週末
無聊的雨季掛念野花之豔
收尾，晚霞之斑鳩顛覆睡意
打字聲牽絆線上留言區
並非野花並非野草之貪戀

夜深，燈會人來人往
——知曉寒意
句句相連的謎題，及
童言童語，掌聲與笑聲

人靜，主燈忽明忽暗
——感受熱鬧
主持人撕開了答案
人群的呼聲與跳躍重疊

陽光，午後，傍晚，黑夜
你們遇見自己與青春與歡喜
窗外的野花叢是首主題曲
日子悠悠流過歌詞內容
你的足跡跟春風而來
街燈喚醒多愁善感的調子
東南西北輪替點滴舊夢
野花叢再次等待月圓

註 1　本詩原刊於《中華日報》112／05／05。

伏筆1

頂讓青春的價碼
時間帶來著愛與憐
下雨時送來詩意
牆壁掛上墨香的畫軸

收購高粱的陳年話題
蘊育生命的醉意
日子歷經冬暖夏涼
雨季去除心靈的疑惑

我們往前進，燈的按鍵
開啟出歲月的開幕式
我們穿上襯衫搭配領帶

天外一筆的密室逃脫

青春活力是你驚嘆
兒女情長是劇情的過場
江湖豪情將是伏筆
筆記的空白處，是你

是你，舞台的鼓掌聲
買進著人們的淚水

註1　本詩原刊於《中華日報》112／05／16。

思鄉的光合作用[1]

數不清離鄉的歲月
自己流亡在生命的謎題
舞孃在黑夜展演著
跳出內心的空虛或歡呼聲
繚繞一種寂寞，一滴淚
正等待天明之後奔波
日光照著身影走入方言
吞下思鄉的光合作用

繡球花生長於公園的邊角
無法摘下公領域的芬芳
都會區不屬於我們的歸處
老家的父母在熟悉田野

數著日子，光陰匆匆而過
誰踏上自我實現之路
異鄉的高溫於巷弄迴盪
陌生感使眼眸向光影交錯

撕下月曆的數字，你的獨處
咖啡香提起壯志於我心
秋風吹過耳際，故園的日出
鄉間歌謠是母親的溫暖
工作日誌寫下自己的孤影
落下一片葉子飄向街角
樹葉需要涼水灌溉
如何將恬謐植入心靈呢？

註1　本詩原刊於〈中華日報〉112／12／17。

靈感是沙灘的漲潮[1]

公文是文字的約束
計畫趕不上明天的進度
將時間投入人際溝通
生活是多彩的地圖
作者的文本與夜無關
滴答滴答，緩緩地打字

靈感是沙灘的漲潮
書寫著夜間陣雨
撕下陰暗分明的草圖
台下有無數眼睛
打量著吸睛的主題
翻開附件一：基本需求

連結附件二：自我實現
端上冷盤只是願望
丟了金幣，綁了紅線
好磁場如乖乖軟糖順口
好人緣如巧言似花醉
全場的鼓掌聲是同義詞

註1　本詩原刊於《葡萄園詩刊》二三九期。

塗鴉牆是城邦的點綴[1]

一些顏色為城市上妝
裝置藝術訴說
路人的足跡，你們
靜靜等待與守侯
品味著大千世界
路過此地，路過時空
喚醒了牆上的日曆
此時看著陽光和黃昏

塗鴉牆為城邦的點綴
往事不用訴說
照片慢慢翻閱
房子如星盤格局

放大視野與縮小慾望
身上的血液流動，穿越
再穿越身心靈的熱絡
聽過風聲經過葉片的氣味

藝術走入人群的眼眸中
各種材料創造生活
男男女女來往
好好壞壞循環
日子依舊約定俗成
父系或母系
名字落入生命的原鄉
塗鴉歲月駐留你的名字

註 1　本詩原刊於《葡萄園詩刊》二四〇期。

梳理日光的步伐[1]

張開雙眼凝視遠方
我們迎接歸人
聽他說著風的故事
搖搖晃晃的船隻
海鷗飛過海平面上

深海是離人的淚珠
心情波濤不息
指南針與暴風圈相撞
待烏雲散去後
梳理日光的步伐
生活即將向藍天出發

沙灘呈現愛心的形狀
沙雕堆積出城堡的痕跡
奔走時間多變的顏色
藍天照亮旗幟飄逸
節氣推動浪花的起伏
海邊的沙石由潮汐帶動

雲海使人群驚嘆
退潮使漂流木上岸
漲潮是魚群回流
我們的雙手捧起沙子
任意飄散於空中
撿起，海星的亮麗

註 1　本詩原刊於《葡萄園詩刊》二四三期。

俯瞰生命[1]

傍晚加班的旅程
書寫最後一程
不願思索愛與怨
但，空氣的味道濃郁
警報聲緩緩響起
耽誤疏散員工的時刻

火光照亮天空
錯過關鍵時間的求救
易燃的材料，說著
不明不白的生死關頭
從窗內飄出黑煙
且，人昏厥於角落

打火弟兄拚了命
向前衝，最後的英勇
他們的背影來不及撤退
工廠爆炸聲送走願望
葬送年輕的夢，無法兌現
與親人團聚的佳節

俯瞰生命的長短調
火場使作業員腦袋空白
不知何去何從？活著
為罹難者上香致意
通聯紀錄是最後的甜蜜
打火隊的開心果停在回憶

註 1　本詩原刊於《笠》三五八期。

工廠的灰燼是悲歌
大體是模糊不清的身軀
捧著照片在火場招魂
唯一的愛只能祭祀
打火弟兄將入忠烈祠
失能的人群何處可歸依

時間的彩蛋[1]

夢境遊走在全面啟動
信不信當螺絲沒有停下
我們需要找回現實
虛設的場境是恍惚的
童年、成年、老年
遊戲整理你我的對話

鐘點戰的畫面：
窮人用勞力換取存活率
時間為生存的低水位
禮讓唯一希望
頑石不點頭，有靈性的貓
越過死亡的虛線

你爬上三角點減輕負荷
卸下面具，放逐自我
夢想越過陌生領域
戰役的誘餌使誰上鉤
線上策略捕捉心靈的刻度
簾子內有飲酒的詩人

選角經過再三考慮
戰鬥力滿分贏得讚賞
所有精靈躲在樹稍後方
藏著復活節的彩蛋
遊戲的金幣買下道具
下班的車廂滑過生命值

註 1　本詩原刊於《吹鼓吹詩論壇》五十八號。

行進的時間軸卸下戒心：
試圖甩開內心的壓抑
遺忘焦慮的情緒
不小心咖啡傾倒於桌面
或許，來場線上賽馬
剔除不愉快的音節

祖孫遊貓空[1]

進入夏日之後，記性
時有時無，如滑溜梯一般
老化與皺紋互相增長
日照的美術作品高掛在牆上
失智長者是雨後的彩虹
奶奶的手杖走出豐富的音節

我牽著您的手，邁進入口處
搭上貓纜唱起客家山歌
遠觀紫花綻放，近看雲霧集散
山邊步道是人群與梯田往來
回憶與今天相連，認得來時路
茶的回甘是祖孫倆的趣談

品嘗著恬靜的季節
將快樂裝進手機畫面
聞至，茶油麵線與山蘇
臉蛋出現淡淡的紅潤
老闆端上一鍋香菇雞湯
窗外飄出祖孫的視野

一起感受山裡綠茵的涼意
貓空的山嵐與蝴蝶偶遇
晚霞照映滾動的水車
親密感觸由笑聲向外發散
回程聽著風聲的叨絮
放鬆一日遊的呢喃

註1　本詩原刊於《笠》三五六期。

夢的代償[1]

生活流失一股熱忱
時間的孤寂填滿星辰
機車聲讓失眠鼓掌
回憶翻山越嶺
雨水從天際下滑
路面有迷途的水鏡

夢的代償就此展開
醒醒睡睡的舊事
掀開了預言者的點線面
雨季旋轉潮濕的衣物
口頭禪重複都會區風貌
善變的情緒篆刻時節

極端氣候的實錄：
「災難地域是跑馬燈標題
恐懼、緊張、顫抖於心靈擴散
颱風淹沒房屋讓眼眸的淚光
龍捲風、冰雹、海嘯
嚇到人們，漫無目的逃亡」

最高級黑箱，藏著：
「人性的貪婪組織的車手
黑厚學是華麗的騙術
酸民於留言區交換計謀
反派者是季節性過敏
政治話題是天使的冷雪」

註1　本詩原刊於《從容文學》三十六期。

忽略百姓的基本需求
政客討論西裝與協議書
無色之相，無相之色
寧靜的歲月是奢侈
我們走在生死的鋼索上
玻璃碎片是白色燭光

電視轉播軍事演練
祈禱故里能躲過煙硝
現實的壓抑讓身軀虛弱
夜的傷勢將如何癒合
沒有答案的生命，放下
離去人群，剩餘思念

點選，生活滿意度[1]

遮出第一張白紙，清晨書寫
拉起窗簾，窗外的暗色系
傳出你我之間的應答
拿起手機幾則訊息未讀
早餐從外填胃，從內練習
不為陌生者接話，無謂牽掛

晝夜不休相對論，測量
心情恰似體溫計爬升
一支傘接住雨水的滋養
公車奔向城市的紅燈繃緊
趕時間，被光陰減去白髮絲
趕時間，擔心步調不夠響亮

點選，生活滿意度
或笑容或知音或生活圈
驅走小日子的憂心
以勇氣戰勝於外境紛爭
捷運有手遊的勝利者
他們是業餘的高手

聖誕節與冬至相連
出生地是生命的鼓譟
故里想念起童年的風車
轉動自己心靈的幽默
打光容顏，打光下一站
晚霞與人潮相伴離場

註 1　本詩原刊於《從容文學》三十七期。

彩繪日誌[1]

書桌放置色筆與日誌本
低頭書寫心靈重點
習慣閱讀自己的字句
喚醒天幕底下歸人
花鳥魚蟲是晝夜的美感

詞藻之間有手機鈴聲
喚醒了人群的抉擇
我們穿上筆挺的制服
夢想是日期的進度
天氣詮釋感恩的情愫

翻開假期的踏青

留影是歡樂一拍即合
幸福之輪依偎日子
放下成人世界的挫折
應撿回月影的幽靜

雨後收起雨傘
彩虹在轉彎處讚嘆
清澈書寫為巧思落筆
家家戶戶的燈火
照亮日誌本的彩繪

註1　本詩原刊於《笠》三六三期。

渡難關[1]

午後的陽光照著悠閒的選台器
轉台，看見自己昔日的記憶
轉身，從心底冒出相異的抉擇
一次在十字路口張望著彼此
點頭之交或是桃園三結義
一次在北極星尋找生命的真諦
我們觀望他方最新的狀況

新聞與報紙一起發行遊行的聲浪
反對或支持，愛或恨，遊子仍沒歸家
直播現場有些理由，有些藉口
收錄於社論，軍事，社運，政客
不同的嘴臉正期待明日的利益

及，生活出現無謂的爭執與壓抑
打通生命專線搶救生死難關

暖暖地懷抱留給憂鬱的人群
別，冷眼旁觀他們的交通事故
你我是生活主角是舞台回音
別，袖手旁觀鄰居的家暴事件
你我是熱血動物是感性理性
我們回憶歲月風華之曲之歌之舞
日子跟著感覺找出自己的哲理

註1　本詩原刊於《更生日報》112／05／22。

你我相逢的易容術[1]

季節交替山河，紅紅綠綠
綠綠紅紅，問不問
鄉愁的樣子成為水湄之倒影
心靈浮現一片詩海風貌
句子連結陽光暖暖地敘事學
當雨絲飛絮時，我在
你在，彩虹現身後

電話轉動孤寂的號碼
週末躲在電腦桌前
假裝自己是網路俠客
按下確認與返回之功夫
與臉書即時動態過招

一年之間按過多少讚數
當雨絲飛絮時，我在
你在，化作易容術

變聲，變調是過期的交情
報章雜誌不需要化名
一段情節不為歲月加料
忽有，忽無是有限的理解
跌到也要記得自己的好
掉淚也要提起自己的勇氣
當雨絲飛絮時，我在
你在，從此刻敬禮

註 1　本詩原刊於《更生日報》112／06／15。

三、化不開的緣分

赤腳而行[1]

卸下塵囂，卸下愁緒
奔向草地的耳語
笑聲攤開了野餐坐墊
看著皮球忽高忽低
脫掉鞋子將赤腳而行

不用解釋時空的灰暗
紙上需要一切空白
泥地的痕跡才是自然
視野越來越遼闊
一句話震撼金色年華

拾起落葉讓夢更純淨

伸出雙手感受清風
迎來假期的遐想
年齡懷有不老之心
輕鬆享受午後的暖暖

註 1　本詩原刊於《人間福報》113／01／12。

金光不歇的希冀[1]

日出是山城的祥和氛圍
照著山谷的吊橋與水流聲
路旁的杜鵑花正在微笑
摘下新鮮的愉悅感
葉影讓夢花落下
停住腳步向前張望

新年度記錄自己的願景
慈悲與智慧常駐心中
捕捉活靈活現的青鳥高飛
生活勾畫出書畫的留白
年節習俗是孩子的童心說
歡喜家屋煮起火鍋

金光不歇的希冀
修行道場展開禪意之旅
不說不言他人的情感
不看不想他方的煙硝
虛無的空間讓腦海，存有
回首與記憶交錯於喜樂

學習獨處是生命哲理
一點草，一點露
戶外沾滿不同的花香
蝶飛，和善的區域相連
櫻花飄逸初春香甜
山景被雲海聚散繚繞

註 1　本詩原刊於《人間福報》113／03／15。

人潮穿過寺廟的香火
祈禱未來一年安康
遠山的鐘聲震撼心靈：
我們是攏好的正能量
我們是攏好的善念
讓十五的天燈，越飛越高

發光的星子 1

夜是大於或等於夢
夜裡的陣風吹落花滿地
捨不得你將離去背影
舞台劇無法表達自我生活

你的抉擇，我的情緒
還沒準備好日子的腳本
我不曾為人們上妝
將最美的夜色留給自己：

「還沒學會如何點菸
咖啡已經戒了
珍珠奶茶不甜了
零嘴哄過大半生的孤獨」

閱讀窗外的月光
將開始打理部分記憶
烏雲遮住會發光的星子
我相信著生命的力道

展開擁抱那些慈悲的心靈
不帶有任何雜思，想著
寧靜的城有間小屋
它沒有太多慾望
它有微弱的燈光打開夢想

我們的青鳥將要到來

註 1　本詩原刊於《人間福報》113／04／25。

日出的列車[1]

溪水輕輕流過夢醒
承載思念的故里
日出的列車將要出發
雲朵飄逸在落子聲
心靈的節奏流露真誠

你的視線落在忙碌的城
腳步走進壅擠的車廂
有個空位是誰坐著
有個手環是誰拉著
即將開門，即將出入

我們諦聽時間的音階

光陰聚焦於長短調
歲月的分水嶺是笑或哭
過客追逐山河的寂靜
夜宿在煩惱的邊際

生活哲理的獨特性
日出打量彼此的方位
旭日攀爬名與利的高點
放下紅塵的千絲萬縷
你我於禪意漸漸地內化

註1　本詩原刊於《人間福報》113／07／26。

無罣礙的哲思[1]

（一）天地之禪意

生氣是感性腦啟動模式
嚴冬需要點綴夜空
一根香菸喚醒理性腦
上癮使念想飛奔千里之外
故鄉放在心靈的邊角
命運的地圖是喜悲交錯

烏雲一片失落的感觸
你我是難忘的至交
歲月漂流無人之處，聽著
風雨侵襲著世俗

端看，窗外一朵睡蓮
呈現出天地之禪境
無罣礙的自我是顯學
猶如空杯子裝水
猶如白紙上色，捨棄
無法的詮釋的幻境

花草是雨後的光澤
自己為生命默默而行
木魚聲落在人世
聲聲回應人群匆忙

註1　本詩原刊於《更生日報》113／05／29。

（二）境遇

從前的故事由心靈收藏
我們端看晝夜的起步
寺宇的鐘聲響起了慈悲心
融入點煙　融入插花
境遇，一場旅程的考驗

日出照映出智慧的融合
哲思行走於紅磚上
眼眸注視日子的轉折
空靈的體悟是禪的回音

人文光輝由著鏡子打亮
梳理赤子之心，遠看他處
鳥群為避冬朝南飛翔
草稿記錄著腦海的夢境
寧靜與平淡相會成河

（三）善念

從昨日走向今日
屋簷底下祕密不能見光
將煩心事預備被刪除
掌握自己的思緒

無色無空不再回首
假日，悠閒於山水之間
漫步於有塵埃的世間
善男信女有願祈求

燭光照亮喜雀的臉龐
相互祝福是日落日出
帶走煩憂　帶走急躁
我們的足跡遍佈各處

信仰的時空正在順行
將邁向心靈舒適
我的抉擇　你的實踐

無悔的光陰是善念

光的舒展[1]

（一）分岔的路途

雨季找尋半透明的光線
童話是變形的謊言
自我的心靈學習安靜
夜空籠罩半完整的節奏
晚風吹起歸人的匆忙

站在分岔的路途，抉擇
夢的圖騰重重的刻畫
文字捉捕光的塵埃
傳送至夢的記憶體播放
無需干涉舒適的歲月

光的舒展出詩歌節慶
回溯從前的面對面
此刻，一葉方舟的孤寂
對答自如的留聲機
深夜讓椅背慢慢讀昨日

扶正當下的思緒
嘗試走向陌生的路途
牌底有你的許願
人們在天幕底下聽牌
小屋內有無限光明

註 1　本詩原刊於《更生日報》113／10／15。

（二）表明初衷

煙絲隨著風逐漸飄散
任水流向下而去
四季調換我們的相遇
委身於不同的境遇
對話是打開心聲之門
時間的內涵是表明初衷

笑語接過落子的滾動
收納著迷茫與空谷回音
水鄉是思念的交接
雲煙承載起塵埃

光與影架起星空的夢花
日曆的線索是種反思

山嶺無憂，水湄無慮
雨季將滴落透明的念想
月光建築屋內的情愛
夢想編織詩人的信仰
不可靠的語詞是場把戲
人們臣服手機的訊息

滑過讚數與留言的光景
深夜依然落寞或孤寂
路旁的許願池聲聲作響

一枚金幣彈出水花
心靈介於色與相的變數
成就善男信女的祈願

平安燈[1]

時間的寒意無法拒絕祈禱詞的始末
冬陽寫了一首詩詞於土地打卡
旅者不願回頭且不願參與非正義之旅
打字的聲音寄予鄉愁的航班起落
等待留言後回音，及結束冷戰的國界
聖誕節是否讓髮妻微微一笑：

（等您下班點起燭光慶祝我們與將來
漸漸老去，漸漸長出白髮）

打開電視 打開電暖器 屋內避寒
隔壁鄰居關門聲 階梯聲繚繞著
我們的願望使平安燈發亮

照過所有人們愉悅而紅潤的臉色
剛剛清醒的葉片點綴人行道
佳節打開交換禮物，讓我們的流淚：
（家屋藏著婦女們對孩子希冀
生活是自主的賦權，吉祥如意）

將美好的情境記錄於信仰之光
生活的哲思佇立於大地之母的腰間
剛好遇見你，我們是江山的過客
生命之船搖晃，夜空為誰點起平安燈

註1　本詩原刊於《野薑花詩集季刊》四十八期。

化不開的緣分 1

現實的錯過必須放手
適時在圓桌會議斯文簽約
低語流過人群潮中
內在思維成就因緣際會
漩渦使夢掉入空洞中

撿不起一片記憶
回首一陣春風而過
化緣編織四季的
經文與詩詞的交錯
地平線讓聲樂挺出輕鬆
夢的音階總結細膩生活

深呼吸紓解壓抑情節
海平面慢慢上升
淹蓋時間的刻度或幻滅
光陰的故事是共時性

我們行旅於時空
朦朧的霧氣遮不住
彼此慈悲與智慧綻放
我們翻開童心說
青澀的緣分是化不開

心靈的攀爬雨季的懷鄉
雙眸凝視遠方故里的月光

註 1　本詩原刊於《從容文學》三十九期。

晴日娃娃喚醒笑容
笑容是簡約城邦的回音
我們需要點斷捨離

夜深，月光落在心坎
天明，露珠能留住甚麼
放下，紅塵滾滾痕跡
不可思議的白日夢
晝夜的哭與笑是日常

靈感的衝擊取自體悟
奇妙的情誼於天際
互相取暖的關懷

讓希望成就理想定點
哲學探索族群的倫理學

路途緩慢地前進
星空是圖畫的陰影
滑過心靈小語的畫面
隱喻生命的祕密
電影的主人翁抉擇

光與塵埃於世間並行
化不開的緣分是進行式
詮釋扉頁的字句
街燈點起陌生區域

人行道的孤寂或落寞

沒有戒心的夢境
朋友相聚隨意乾杯
吟唱黃金假期的悠閒
文字是飄飄細語
青煙裊裊是愛的拼貼

因你，建築美學[1]

磁磚修飾地面的祕密
灰塵在縫隙中
飄在空氣的氣味
窗外的陽光涉入塵世
無法抗拒歲月衰老
屋頂是我們的男女對唱

明月將頂樓照映
粉刷牆壁的日期與行事曆
公事包隨意放置沙發
佔位子的夢鄉開開關關
陰天無法替代晴天
十五是誠心的素食日

因你，建築美學
我們設計室內的裝潢
大廈的樓梯轉個彎
門口外面的電鈴聲音
推出遼闊的空間
電視與電扇互相搭配

咖啡打包時間的淚光
汗水滴在玻璃窗的思緒
床前的檯燈照日誌
翻開今天的感恩與反思
腦海浮現愉悅的盼望
我們將實現藍圖的生活

註 1　本詩原刊於《從容文學》四〇期。

心靈細胞的重生[1]

生活是母親的叮嚀
家屋藏有年邁的長輩
台北城住滿異鄉人
從夜市遇見日落時分
觀光客記錄熱情的頭家

臉書——包圍生活圈的羨慕
打卡——為歲月添加顏色

心靈細胞的重生
沒有電梯的公寓將汗水蒸發
雙腳為晝夜增加肌力訓練
沒有無障礙斜坡，跨步

友善時光坐落在地標
雙手傳遞愛的火苗
歲月的骨骼因足跡動起來

神經元無法讓記憶重生
拉遠童年與親人情感

老社區剩下外傭的對談
長途視訊剩下鄉愁
不言不語是少年夢囈
輪椅的老化如繽紛飄味
老記憶淡化田間氣息

註 1　本詩原刊於《從容文學》四〇期。

你說，去年的夢在游泳
我說，城中的店面剪綵

心靈細胞的重生
靜靜聽時間的取捨
靈魂深處有不同的心思
有不生不滅人情味

輯二

失控的地平線

一、生活的遷徙

勾選，願望清單[1]

一道是非題，錯過相遇的機會
你不小心撞到桌角，瘀青
整個下午讓蛋糕作為心靈的
負責人，甜度剛好適合
適合哭泣的聲音收斂
主講於網路平台的好康報

轉彎處發現青苔的悠久
歷史人物漸漸退出求學時刻
社會化後，皺眉緩緩出現
週年慶使小資女孩盛裝出席
慢慢地遺忘陌生人樣貌

湮滅為朝陽重生一次選擇
選擇生活的路線方位
你的姓名將在地圖打卡
標示價格，延伸排隊理論
發票過期，過往成空

虛無的哲學，心靈的缺角
從極簡思維碰撞不休
行為將寧靜片刻送給深夜
入睡的人們仍舊追逐
勾選，未來式的願望清單

註 1　本詩原刊於《笠》三五九期。

關不住青鳥的志向[1]

陽光明媚照映於天地中
我們適合成為小人國的影子
彎著腰撿拾時間的謙卑
向日葵為希冀定位
數字精準統計行旅的需求

我們的代號是展現自我
天氣的熱度與思念混為一談
歸鄉的腳程如楓葉等待
沿途的山河飲盡冷暖
熱淚，心動於高昂的曲子：

「時間是虔誠的貴賓

我們的座位是通勤列車
無意闖入生命的高點
低語理性與感性的交會
分開憂愁雜思的觸感」

善意開發荒蕪的心靈
需種植春日的種子
乘坐日出列車的驚呼聲
網頁跳出過往動態
生命的讚數由誰來按

天空點綴小屋的舊夢
關不住青鳥的志向

註 1　本詩原刊於《吹鼓吹詩論壇》五十九號。

上街遊行的人群高唱
自由不滅，自得與尊嚴並行
語言獨特，天馬行空的大氣球：

「日子的口號是外在念想
試圖理解生活的寓意
潮汐是生命的真諦
行走在愛的背靠背的影子
青鳥是是夢想的飛翔」

陰陽調和為生活的協和
你我的背影增添七彩的氣氛
異鄉人的字跡為時間落款

外地的浪子還需回頭？
母親的淚編織深冬的衣物

四海為家的北漂族
燈火指引疲憊的眼神
游移在夢與夜之間
識別證是白日的打卡聲
我們寫不完的企劃書：

「深夜的原子筆畫上重點
錯別字是洋裝的花蕊
勾繪明日主持會議的主題
聽見窗外的機車聲

晝夜圍繞未了的因緣」

離不開情緒與理智的拉扯
工作或遊戲是某種節奏
特別的日子要感謝任何人
愛的禮物是良善的境地
不需追求物質的奢侈

酒窩是無價保養品
青澀的味道與風箏高飛
篆刻起天地的傳奇，而你
彈奏起宮、商、角、徵、羽
歌頌人們於歷史長河留痕：

「找尋一處僻靜之處
享受歲月靜好的愉悅
日日創作無限可能
純潔的月光照進窗內
心內有立志的曲調」

海洋的船隻承載歸途的夢
陸地的羊群數著繁星
光陰穿越私生活的妝鏡
不要將苦楚深根內心
你我破涕而笑的光明面

你的小心眼[1]

眼睛眨眨，渡河千里遠
雙手動動，編織如畫作
你的小心眼為誰鋪成
思緒如海濤聲的起落不休
語氣籠罩身軀的節拍
聽聽花落的孤單行
世間不只一位無情人經過
切斷那些負能量的語病

字跡潦草專屬於創新生活
腦海有浮現過往的情境
愛恨情仇在轉念，放不放手
寺廟的鐘聲洗滌了我執

——午後是遠山盤繞
——晚霞是疲憊色盤
——晚間是新聞花絮
歲月是未知旅行，需不需花開

沒有肚量的光陰，你的小心眼
我們被城市霧氣迷茫的蒙蔽
國與國交換利益或陰謀
你我住在同個天幕下
仍，躲不過生命的惡作劇
仍，躲不過病歷號的消逝
生命徵象的波動，回首
因果輪迴的生滅

註 1　本詩原刊於《從容文學》三十四期。

心靈天秤[1]

我們捧起玫瑰的花香
熱血沸騰的氣候
我們將未來交給獨處
下筆，分類自己的過去式
收尾，等待晚霞的進度表
你我之間沒有隔閡
打開天窗，書寫白話文
心情不需要找人代筆

我們在相遇的時間點
認清自己的渺小
反思昔日的花絮
讀懂此刻的平靜的思緒

遠觀生活圈相異處
撞擊下午時光的閒聊
你的故事呈現不同話題
經歷一些事件或活動

零碎的時間拼湊成歲月
幸福哲學是種抉擇
疲憊不堪的列車
承載我們相同的足印
練習寫字的嗜好
詮釋筆畫的密度與張力
雕刻心靈深處的恬謐
行雲流水是圓融的境界

註 1　本詩原刊於《從容文學》三十五期，
詩題在 2024／01／31 修正。

日出召喚靈感的時候
每一次的冒出感動淚光
詩詞迎接更好的明天
花園充滿孩子們的笑聲
繪畫出花好時節
瞭解日子的方程式
行走於輕鬆的轉彎路口
遇見，四季的情書

夢的暖色系[1]

男人叼著菸依靠窗邊
吐出了煙霧，吐出了話語權
女人的唇與謊言連成一線
纖細的手是食色性也
她跳著激情卡門：

「晚霞拉住心靈的疲憊感
淡煙迴旋舊事的揶揄」

她願意逗留無人的街頭
凝視著風霜與冷漠
牆角之景讓彼此重逢
裙邊飄動表白的支撐力

菸斗與白蘭地是賞玩：
「乾杯遞上相愛之韻律
星月陪伴是難忘的相遇」

恬謐亦是生活是氛圍
她拉緊日子的速度
勿要開啟隔閡的壁鐘
勿要關上心靈之窗
我們進入夢的暖色系

註1　本詩原刊於《從容文學》三十六期。

甜，金幣[1]

國王的金幣賞給誰
兒歌是巧克力的味道
夢工場是孩子天馬行空
黑色幽默亦是喜劇的淚光
我們走入童話的機關
自己以回憶綁架了笑聲

我們擁有愛的超能力
禱告之餘，你我探索內在
最富有的心靈是望眼鏡
遠方有和平之鴿飛翔
遠方有善的佈施，而我
捧起佳節愉快的金幣

最甜的世紀為人們綻放
天幕的煙花釋出光彩
口袋輕輕的重量（抽中夢的同樂會，
於風雨中共舞，於日夜中共享）
雙手握緊彼此（不願離別或誤會紛紜，
雨過天晴，輕描淡寫，相依）

最甜的時光睡在雲朵
我們繞過黑森林的禁區
最美的時刻遠眺青山
我們進入小人國的世界
探索自身永恆的美麗
甜，金幣——最小公約數

註 1　本詩原刊於《從容文學》三十九期。

生活的遷徙[1]

離開鄉愁，離開鄉間小調
月光是共享夢境，留下
山間的霧氣、水聲、花香
我們踏入陌生的城
找不到一雙合腳的鞋
一大一小的足跡

母親等著佳節的團聚
從濕透的信紙遇見
孩子的勇敢抬頭前進
雲朵飄逸著故里的方言
如何表達親情的甜蜜
生活的遷徙是時間的行李

我們嘗試於異鄉的醉意
喚起童年的跳格子
頹廢的房間放置草稿
書寫靈感的陰天與灰暗
夜是容易落淚的夢
醒來迎接嶄新的晨光

童話的寶藏圖在消逝的
不見的，謊言的
步行千里遇見真實自己
打包記憶遠遊他鄉
無法計算樹木的落花
火車將推開送別的離愁

註 1　本詩原刊於《從容文學》三十九期。

生活種子[1]

節令溢出滿懷希望的土地
等待春日的花苞綻放
一場雨淋濕了心窗
美麗是明顯的彩色掛於
日出的雲海使人歡悅

不需悔過最初的抉擇
任由工作室的畫布展現
新的作品的光明面
心靈吸收美感的力道
眼眸閃爍著驚嘆

生活種子植入內心

青芽從內在世界探頭
願景成為清晰地標
向前邁進彎曲的巷弄
尋覓妳我之間際遇

時間是指尖的琴音
聆聽彼此的心聲
慾望的城邦蔓延慾望
撿起果子的鄉音
漸漸慢行於人潮之中

偷瞄他人的眼神漂浮
猶豫自我的方向感

註1　本詩原刊於《從容文學》四〇期。

何去何從的夢境
進入水晶的五彩光芒
照著前衛藝術格調

美不勝收的山景
無痕的雨滴落在眼前
散開霧氣是幻影的想像
再度由春日詮釋
青葉襯托花朵的香氣

青春永不上鎖[1]

蒞臨這世界是空空如也
帶走與放下是智慧的創造
任何奇蹟是心靈的禱告
時間之拋錨使情緒躁動不安
成年禮洗滌我們的迷途
走向有陽光的地方

青澀的抽屜裝滿紙條
慢慢地打開小語：
你抓的蝴蝶何時飛來
你送的拼圖沾滿了灰塵
你畫的楓葉何時繽紛
整理又整理，偷走閒情

談及兒時，自行車經過多處
黑桃皇后與紅蘋果
百變金剛的英勇
小精靈佇立於窗邊
傾聽著成人版的格林童話
再沒有逃學翻牆的日子

註 1　本詩原刊於《人間魚詩社月電子詩報》第三十八期。

醉不上道[1]

酒徒纏繞彼此的眼眸
城的慾望瀰漫在宴會之中
喝酒遺忘了互信關係
張口閉口的謊言交響樂
春光外洩是情慾深度
小王子不需要馬車的聲響
鄉愁是星球的自轉

丟失樸實的日子，酒醉金迷之宴會：
舞著，明日的藉口
舞著，情緒的奔騰
舞著，慾望的著熱

人們的承諾將要支離破碎
滾動著醉意的夢幻，痲痹著
是是非非的痛楚，誰因過去式
可醒可不醒的浪子回頭
小王子走過人群的足跡
紅酒誘惑心靈的底部的邪氣
離開青澀的年華碰撞出面具文化

不喜歡與喜歡結成了果實
摘下創世紀的第七天
我們走在相似的道路上
無法虛構美的真諦，醉不上道

註１　「人間魚詩社」之攝影詩「六種孤獨——小王子相遇的六個星球」主題寫作。

五斗米折腰[1]

鬼迷心竅的求財心切
抹去赤子之心的童言童語
街道的廣告，馬車的輪子
滾著，滾著，商品化的節慶
掏出金幣看不見悲歡離合
最底層的人群，手牽手
抬頭往向藍天，愛之泉源

低頭再低頭，端看雙手的紋路：
錢，左右生命的抉擇
詩，將為五斗米折腰
紙，記錄與惡的距離

小王子第幾個願望，看透世間情
買不回光陰與健康的凋零
夜影不是歸人的指引與方向
多少雙筷子可以拼湊出田園之曲
我們打量彼此的高度與思維
他們永遠裝不滿口袋的重量
湖心如何呈現純淨的水影

鄉間小路是噠噠的馬蹄聲
載滿了老婦人的相思豆
剛剛歸鄉的人，送來珠寶盒
彌補不了空虛的夢境

註1　「人間魚詩社」之攝影詩「六種孤獨——小王子相遇的六個星球」主題寫作。

人格掉漆[1]

名牌是歲月另種光點
高跟鞋縫補空洞的眼神
虛榮者行走於鋼索上
舞會的面具回收心靈的缺陷
酒杯弄醉誠實的瓶口
倒入生活足跡之味
女子掀開面紗，走下馬車

親愛的，我將親吻你的手背：
謎樣之夜給予浮華之幻夢
西裝的口袋裝邀請卡
菸斗吐出白煙飄逸

小王子不懂得偽君子的遊戲
上流社會的一杯接一杯
迷失自我於世界萬花筒
春日的花朵插在帽子邊緣
從外在服飾顯示高貴的回音
高貴於生活之回應，他們低看
低看，信仰是無瑕之月光

眼影閃動著嘴角的起伏
紅色指甲刮過俏皮的笑聲
虛華的世紀使人格掉漆
我執的星球無法定居

註 1　「人間魚詩社」之攝影詩「六種孤獨——小王子相遇的六個星球」主題寫作。

燈火不明[1]

收回黑暗底下的祕密
迴繞於心底黑森林
萬般深情遞入郵筒之中
遙寄他鄉的孤寂與綿綿情意
小王子聽見打更人腳步
燭火點起是非黑白的情境
人們的熟睡，唯我獨醒

春花時節，夏荷深思
秋楓恬靜，冬夜長談

誰奔向天際自由的遐想
展開心靈的幸福哲學

管不管星球深紅的框架
我們以雙腳踏出想像
搖搖晃晃接近前方的目標
燈火不明模糊歲月之臉
我們仍有愛的通行證

註 1　「人間魚詩社」之攝影詩「六種孤獨——小王子相遇的六個星球」主題寫作。

苦澀之信仰[1]

國王的皇冠由人民汗水編織
貴族權力將是無上榮耀
中下階層的人群為生活餬口
莊園主人使喚僕人做事
燭光無法照出真善美的真諦
人民苦不堪言的歲月
宴會的香檳倒出貪婪的嘴臉

細沙流過漫漫之時間：
暖和的城風使苦力的艱辛
萬般法則是生活的基本
自我實現遙遙無期

士兵佇立於風中
權勢之杖向地面敲敲
飢餓暴動是反抗聲
任華麗的生活繼續跳著
不知死亡與煩憂並行
王國建築於痛楚的百姓
城堡的旗幟隨風飄逸

關上城門，人民自生自滅
無法脫離國王的命令
黑厚學被鐘聲敲響
信仰與愛意將如何連結
迷茫與苦澀的生存

註 1　「人間魚詩社」之攝影詩「六種孤獨——小王子相遇的六個星球」主題寫作。

馬車經過不堪的街道
夜的火把不斷巡城

小王子離開是非之地
婦人流淚滿面於風塵之中

地點[1]

地球儀旋轉世界的經濟脈動
人群為生活的根本，追趕
兒童公約刪不了人口販子的流動
黑暗之處有婦女的哀號聲
世界的角落有幫傭之歌
撰寫女書的血淚史
地震使人們的生死離別

讀一本自己的故事：
生活。光陰。歲月。時間
房子。車子。走路。唱歌
誰將為兒童讀著繪本

看開書本的第幾頁
戰亂是火燒人性
沒有英雄，沒有君子
海洋與峭壁撞擊出水花
我們關心著新聞事件
文字落款之處是稗官野史
記錄生命永遠的精神

地圖，導航
夜夜通宵閱讀熱門地點

註1　「人間魚詩社」之攝影詩「六種孤獨——小王子相遇的六個星球」主題寫作。

二、地獄沒有荷花

煙硝的棄子[1]

各國的戰鬥機加緊練習
不小心越過國際邊線
湛藍的天際失去飄逸的善意
鳥群南飛，沒聽說桃花源
漁船燈火，沒遇見理想國

（背離青鳥：
　地平線因慾望而亡
　寒氣在死海呈現虛幻）

死角的蜘蛛網，理解
貧窮與難民的流落
人道關懷的虛詞
不值錢的文字，哀哀嚎豪
時間讓生命哲理空轉

（失去天秤：
禱告是心靈最後的稻草
孩子將笑容還給天地）
讓子彈穿過人民的身軀
死亡的戰袍歸鄉了
百合凋零於鮮血滿地
黑十架在野地尋找名字
心靈創傷是罪惡感的夢魘
（亡者隱匿：
黃葉枯枝於風沙滾動
看不清來者是誰？）
誰曉得太陽的溫暖

註1　本詩原刊於《吹鼓吹詩論壇》五十七號。

黑色幽默的氣息
地下室缺氧
遺忘生的淚光
遺忘死的廢墟

（視線不清：
無法找回記憶的初春
花神為犧牲者弔念）

我們是煙硝的棄子
焦黑的樹葉
沙地的磚頭
廢棄的公寓
斷電，斷水，斷糧

（黑暗之處：
平民被槍彈脅持
燃燒屋內的家具與照片）

人禍從天而降
一道軍令毫無情感
廝殺的場境從砲火蔓延
生命瞬間消逝，無意葬花
士兵失守溫馨的家園

無處藏匿！

失控的地平線[1]

煙霧迷漫的空間
看不見歲月的光線
今日將流離他處
火焰燒掉故里的回憶
熟悉的感覺是冰冷

聽不見說話的聲音
防空洞的體溫漸漸下降
生還者無法言語
沙塵滾滾是場夢靨
失控的地平線

死亡如此貼近彩虹

商店的玻璃碎片
刺入心臟地帶的繁華
無法恢復從前熱鬧
戰役不休的攻擊

復仇的種子無花無果
難以得到海闊天空
軍火商刻意抬高價格
殺死晝夜相異行旅
山河破滅的情景

沒有墓碑的萬人塚
無法流淚的時間

註 1　本詩收錄於《人間魚詩生活誌》第二十期「反侵略詩最終章」別冊。

刺刀折磨人的意志
緊張的呼吸聲，傳入
敵我難分的狀態

泥沙覆蓋臉龐的死寂
心靈的荒煙飄逸
勾起集體意識的無助
不愛冷清的城邦
誰在剪接停火的假象？

煙霧對峙[1]

日落處於沙塵瀰漫
死亡之窗推開人們絕望
兒童躲在牆角下
狼煙經過天際黑幕
深夜是淒涼的淚

士兵於煙霧持續對峙
沒有感恩節的喜悅
此處失去和平的安樂
試圖尋找僻靜之地
流離的齒輪正在轉動

國際首都的燈火照著

過節是否新的契機
越過戰役的中線
轟炸城市的高樓大廈
志向被恐懼的面容遞減

國家機器吞噬著生命
季節的隱喻是暗夜浩劫
痛失親人的陰影
伸出沾滿泥沙的雙手
無法飲食的傷患

醫院的點滴是時間競賽
呈現小人物的歷史

註 1　本詩收錄於《人間魚詩生活誌》第二十期「反侵略詩最終章」別冊。

戰亂的留言無限上網
噬血的影片是生滅不息
心跳削弱生命舞台

血洗觀眾席的賓客
無數的商家吹熄燈號
權力者以白骨獲得利益
口號洗腦戰鬥意志
啟動因果輪迴的敵對

隨風入塵[1]

異常的天氣籠罩虐殺
生存的機會歸零
最後一刻無法悔過
正中頭部的記憶
隨風入塵是命的歸宿

坦克車壓扁和平的家屋
炮火並非遊戲的復活
仇恨從天際開始，深深灰
死寂的獨處不是哲理
藏匿自我的獨特或夢想

沒有水的怨念，不再

希冀與祈禱聲暖暖
心靈墜落於谷底的恍惚
帶走真善美的顯學
此刻，魂魄剛剛出竅

端看著短暫的旅程
子彈穿過林木的血跡
生命的顫慄隱藏落日後
遠方的鐘聲染了顏色
枯葉飄過山腳下

戰地的母親煮著湯水
唯一牽掛於孩童

註1　「人間魚詩社」之「反侵略詩」主題寫作。

死傷不是童話的劇情
光與塵埃融入時空
低語江山與過客凋零

影像回放曾經的愛
中槍的疼痛蔓延全身
面臨暴風雪的侵襲
殘酷的獸性焚毀信仰
零度以下埋藏未來之書

時間計時[1]

和平之鴿越過天際的速度
發射不猶豫的傷害力
煙硝是流亡天際的推進
孩子們流血成碎夢
無言的夜色掩蓋著恐懼

逃亡退縮於玻璃窗下
扔棄美善的行李
將殺死影子的影子
無聲無息的道路
凌亂字跡是生命告別

轟炸機奪去將來的願景

道路使人們血肉四散
無神論的天地之間漫遊
呼吸的熱度走向冰點
熟悉的面孔漸漸地稀少

時間計時將跌入深淵
見不到天明的光芒，閉眼
不願清醒到生離死別
教堂聚集鴿子高飛
人們囚禁戰役於黑暗史

白色的骨骼不是研究
活體的就地處決

註 1　本詩收錄於《人間魚詩生活誌》第二十期「反侵略詩最終章」別冊。

老殘失去晚年的寧靜
聽著預言者的靈驗
炮火瞄準了百貨公司

切斷血液的流通
軍人的榮譽佇立冤魂
撕裂身軀的行動
士兵不再返回家園
母親啊！無力獻上百合

埋葬靈魂[1]

第七日是休息或安息
炙熱的土地燒著
夏至的汗水與血融合
戰鬥機越過天際
人群與死亡緊緊依靠

和平的鐘聲沒有醒來
孩子們維持虛弱的呼吸
醫院的酒精點燃戰役缺口
最後一眼，且無人輸贏
傷勢從黯淡天際癒合

埋葬沒有情感的靈魂

殺著眼紅的士兵
所有利益是死神交易
屋簷底下有些人氣
荒蕪的塵埃飄逸

沿著無盡血色的步道
走不完感嘆的夢
靈魂與教堂漸行漸遠
一點善良頓時消失
合十，他方的絕境不逢生

沙塵飛入心靈的死角
號角從深夜響起

註 1 「人間魚詩社」之「反侵略詩」主題寫作。

復活節是生的恐懼感
屍體成灰燼的味道
習以為常的逃生

最初的家屋破碎不堪
燙傷手腳的火焰，是否
重生在遠方的談判
百姓是棋盤的星月轉移
誰能饒過無情的攻擊

無理的煙硝[1]

野心的頭目讓死士
轟掉和平之城邦
人群的流離於荒蕪
空地搭起暫時的棚子
數日無雨的飢渴

無理的煙硝於晝夜
最後的安慰是鳥群自在
沒有翅膀的生命體
消耗內在潔淨的信念
失去安全地帶依靠

商人的金幣不能許願

宰殺人質換個藉口
心靈的黑死病飄逸四處
麻木的軍官換徽章
流著苦難者之歌

不需怪手讓房子倒榻
軍機成為流星影子
民生物資隨便扔於地面
搶奪基本的生命線
天公算不出戰役的終點
領導人聽不見死亡的回音
他們繼續舞台表演

註 1　「人間魚詩社」之「反侵略詩」主題寫作。

癱瘓了百姓倖存的歲月
行軍的步調是嚴肅的
活口從信仰安息

一疊廢紙是荒唐史
人們與沙塵暴碰撞不止
世紀浩劫是生死狀
破裂的手機螢幕呈現出
英魂在混沌狀態散逸

失溫的夢[1]

煙硝飄散於大地之母
人們躺在失溫的夢
死亡的花絮鑽入泥地
不再，遇見幸福的鏡面
破裂的磚頭蹦出傷痕

子彈穿過野草堆中
腦海浮現最後的合影
美麗的派對與咖啡
苦澀的生命於戰火謝幕
舞台不需要虛偽面具

一根樹枝劃下存在感

文字記載時間長河
僅剩破舊的鞋子翻滾
乾淨的水相信民族的真諦
收音機的雜訊傳來戰況

傷亡不是小說家的演繹
婦女牽起孩子奔逃
父權社會的威望捕捉
人性的脆弱及殘酷一面
昔日對話是凋零的秋

肅殺季節將命運綑綁
從彈孔看不出未知旅途

註 1　本詩收錄於《人間魚詩生活誌》第二十期「反侵略詩最終章」別冊。

除了恐懼，人們端看日落
此處長不出喜悅的花朵
無法形容悲傷蔓延電視牆

無法計算仇恨的面容
連呼吸亦是奢侈的
黑暗天幕是心靈反光
燒毀城市的地標與殿堂
如何遷往祥和之地？

命令不休[1]

瞄準目標無人生還
這裡魂魄得不到祝福
喪失生命的希望
緊緊地相擁彼此的體溫
牆壁吸收哀嚎的聲音

士兵聽見命令不休
人民是戰役中紅心射擊
轟炸令人心碎的夢
明日婦女將要把花飾
向戰地亡魂祭奠

人們剩下足跡的餘溫

打開沒有親人的門
飢餓與缺水看不見日出
地面出現砲火的龜裂
心靈被恐懼感吞噬

爆裂聲劃破天際
時間無法復原青春
黑夜埋藏恨意的種子
無預警的指令絞殺
血跡斑斑成為黑厚學

不適合定居的邊境
謊言讓明日陣亡

註１　「人間魚詩社」之「反侵略詩」主題寫作。

煙霧彈擋住逃生路線
沒有牽掛的晝夜
漏光所有燈火的指引

聯合國的冷眼旁觀
難民推不開命運的限制
夢歸於沙塵的風暴中
再次，偷襲的城邦定點
鐘聲響起停戰的契機

地獄沒有荷花[1]

戰役在他方點燃
百姓將要流離失所
家屋毫無心情迎接春日
眾神花園被恨意淹沒
子彈穿過誰的額頭
利益關係扼殺慈悲的信仰
破裂的照片是教育失靈
出生地是最後的閉目

（倒敘回憶的情景，走入傷心地）

砲火送別彼此的依靠
死亡的黑洞是削弱生命值

請問再請問，天意無法猜測
憐憫之心成為詩人的嘆息
活著，遇到生命的地震
遠方碰到生死之門開闔不休
我們躲避恐懼與現實，漫漫長路
無法想像，無法給予：

（地獄沒有荷花，天使不再戲鬧）

地下室滴水聲聽見加速的呼吸聲
那時侯？陽光療癒心靈的傷口
外境堆積朦朧的土地
我們的內心世界湧出眼淚

註 1　本詩原刊於《更生日報》112／10／18。

相異的路途擠壓日子抉擇或放棄
翻過異國他鄉護城河，任生命顛頗
國際人球無法點起家屋的燭火
我們無奈關上電視新聞，不聞不問

獵殺[1]

日月交織出煙硝之痛
失去家屋的人端起天地的碗
百姓緊鎖於牆角於屋簷於空地
最終是恐懼，憂鬱，呼救
及，瀰漫死亡的氣息

江湖利益扼殺了青春之夢
孩子們抬頭望向了天際
飛機有沒有空降食物
幼兒的世界迎接槍擊聲
震破了玻璃窗，母親緊抱幼兒
婦女們低頭哭泣著

孩子睡著不醒
丈夫不再歸來
家，睡在永恆的夢中
戰火獵殺了生存的機會

當家門倒下，萬箭穿心的痛楚
鄉愁來不及湧上心頭
死神的鐮刀採收軀殼與記憶
他們不再擁有日出的溫暖
十字架與黑影互相較量

是否，看見士兵瞄準獵物
是否，聽到風聲如鬼魅

註 1　「人間魚詩社」之「反侵略詩」主題寫作。

是否，聞到花朵如祭祀
碎石子於沙塵於空色於嘆息
將要苦苦逃離世紀的鐵籠

射殺[1]

將戰爭濃縮成一杯毒癮
慢慢侵入心臟地帶
活著，人們四面八方流亡
老人訴說他們的鄉音
誰來遏止這場混亂

煙硝糾纏著日子的謊言
大腦浮現生生滅滅
戰火燒出母親的心碎
斷手，斷腳的人們
蓋上白色的床單

生活不成樣子

斷水，斷糧
失去鄉愁的滋味
飄蕩，燙傷誰的心緒
總希望一點奇蹟

伸手不見五指的夜
月光太冷，離死亡很近
他們不願意睡去
數著存活的日子
疫情失去溫存，戰火呢？
人文光輝是文字的書寫
人權與生命呼喊著

註 1　「人間魚詩社」之「反侵略詩」主題寫作。

他們沒有聽見與感受
軍人的槍射向老弱婦孺
孩子，追逐沙塵的遊戲

不哭的嬰兒，鐘聲
喚醒信仰與他方
由誰帶領逃亡的路線
虛偽的面具，唱著大國主義
他們不見子民的血淚史

趴在地上的人再也站不起來[1]

槍枝對著目標發射
來不及離開鄉愁的人群
葬在風中，葬在雨中
沒人敢大聲哭泣
沒人有時間說話

家常的日子已爆破
爆破生命的支離破碎
血肉模糊的城，行走如煙
生，奢侈的華麗
死，戲劇的謝幕

趴下再趴下，巨響

奪走細水落花的角度
奪走高山遠景的廣度
生命之輕，生滅之煙
小鎮浸泡於砲灰中

失去日期的標的
炎熱的午後輝映焦土
恐懼寫在無人街頭
失焦的人權無人過問
烈火耗盡情感邊緣

不願與家人分離
躺入很深很黑的土地

註 1　「人間魚詩社」之「反侵略詩」主題寫作。

夢不知所云，日落日出
無神茫茫，官兵廝殺
考驗母親的接受度

三、放逐・山河

鄉愁八千里[1]

（一）春前有雨春花早

樹的影子是母愛的演示
小島與內陸不准寫一封信
信啊！遞減生命的絕望
我們為家園僥倖活著

落單的紅玉米於廟會口
觀井望月，八千里
涼水淨身有三節
出生。結婚。仙逝。

小滿會，打對台

社戲來自夢想的聲音
孩童領壓腰錢，愛花亦愛炮
跑生意，跑單幫，來抗戰

棗樹養起故鄉的樂曲
採下青澀的少年
採下初春的芬芳
讀一本繁星，寫首詩

楊樹從春夏秋冬長成
四季隨著日月起落
天上的陽光開啟書香
車上圖書館的片段

註 1　本詩原刊於《創世紀》二一三期，《瘂弦回憶錄》之「春前有雨春花早，秋後無霜落葉遲」是恩師瘂弦的父親最喜歡的對聯。

不愛桑葉，不親柳樹
誰提過關於母親的模樣
泥巴桌子刻畫楚漢線
我不理你，你不理我

（二）秋後無霜落葉遲

你頑皮的跌到，母親許願
社戲還了神明之加持
繡不出母親青春
水塘旁是孩子的光腳印

過節包餃子吃銅錢

來年大吉又大利
好胃口吃芝麻葉麵條
食慾佳吃糊塗粥來過活

農曆問節氣，國曆問官道
失蹤數年，回憶從河南起端
血淚駐留於金幣的側面
青海的破磚粉碎了詩人的心

秋天的肅殺讓時間停在文字
從頭走到尾聲的故事
文雅的乞丐不說詩
錢的象徵使日子進補

月光築起陌生的籬笆
擋不住飢餓與滅亡的氣息
慢慢軟化了虛弱的身軀
開了官倉，百姓吃著陳米

吃了孩子，吃了自己
狗兒走入風中，趴在樹下
蝗蟲過境帶走誰的魂魄
坐火車，小媳婦牽婆婆

雙村藏詩篇——

讀《瘂弦回憶錄》

（一）十五從軍行

在彼岸，流亡是時代的名字
父母在不遠行，北方走向南方
無法團聚或哭泣，未知的夢
轉進由老師講著，雨下著
轉進由部隊跑著，汗滴著
轉進由城市兜著，曲唱著

我的靈魂淪陷於戰役
沒有岸的鄉愁飄逸
我的靈魂淪陷於煙硝
沒有黑板的日子，昨天
抄襲今天的撤退：
傷兵說著未完成的痛

學生走向無邊的日子
別掉隊，別落單
斷腸日使活者痛哭
白河的風貌使詩者心痛
撕開了日誌與牌樓交界點
學生們望北方的遠景

註1　原詩刊於《創世紀詩雜誌》二二〇期，詩題取自「十五從軍征，八十始得歸。道逢鄉里人，家中有阿誰。」

落腳地，烏鴉鴉的夜
借宿著百姓的家屋
來點粥，忘了苦
來點麵，忘了累
打包行囊，夢爹娘
星辰作伴，吹風沙

高山起，濕漉漉
老太太，路邊睡
壽材嚇得學生不發聲
生死離別在眼前
詩人的故鄉，江陵
誰喊冤，誰哭泣

腳起水泡跟著走
荷葉來飄香，唱小曲
上船不上船，念故里
多吃，少吃，忘家門
八角亭過一宿
風聲，雨聲，好星辰

穿新鞋，熱水澡新鮮事
湖南復課，唸書聲
長沙坐火車好似火箭飛
民族服飾，過過眼
土匪頭：「我絕非叛徒」
仰慕天地一念間

（二）八十始得歸

童趣是外公的秤子
抓幾兩草藥，無病的櫃子
娃兒門前戲鬧著，追著身高
高粱打開要角兒的聲響
白河是撈月的詩篇
書香氣息飄過平樂村

夢筆生花撿起了夢
小砂石堆起外公的筆跡
田地的野孩子到處跑
上游至下游的流過

母親的擣衣聲
天公眷顧離鄉之人

針織使母親哼起歌謠
穿過爬樹的高低，說日子
穿過野地的學堂，說文化
穿過井畔涼味道，說生活
破四舊剩下母親的淚
我們的名諱流落於異地

城裡的孩子們不再回頭
破四舊，管不管信仰
洗衣石搓出戰役的傷疤

搓出私塾的燈火，與書香
黃沙蓋住誰的眼眸
誰的筆墨洗滌苦澀滋味

換名兒，光陰不詳
一路往南，時代的姓氏
女孩家得百家姓
扎花兒是媳婦的手藝
深夜的燈花使星辰失眠
為貞潔熬成一句俚語

蓮花調唱出百姓的心靈
沒有慾望的時代，只顧著

生存的步子與孩子前程萬里
水流經下游階段，撿起了
果子，樹枝，葉子
我們逃過時間的拔河

母親始終笑著，不打不罵
我的心繫在河南的鄉里
父親走過萬里路子，勞改
異鄉的墓地，抓起泥沙
哭著，喊著，讓魂魄回家吧
我的心繫在的刺繡之鄉情

（三）道逢鄉里人

鄉里的店錢被煙硝沒收
一碗麵收起一世情
口袋裝滿鄉情的重量
飢餓的孩子緩緩地跑著
看著賒帳的天空餵食童趣
書籍的內頁有片黃葉

父親從草原離開，離開
再找不回他的笑容
出生地遠離了家園的念想
南方兒女不懂得北方的風雪

先人打拚於楊莊營之處
這世紀的苦難，四處流亡

土牆堆砌起族人的汗水，及
寨子門由歲月的偷渡
牆外的月月紅網起
偷閒的夢與棉花的雲
夜裏吹起羊角，打暗號
誰能把守兒時的恬靜

刀客滿山走，深夜
飢餓被飢餓殺光
老人遇到匪子逃不了

死亡染紅整個天空
沒有仇家的方向
聽說，揮別心中的恨意

誰家的女人被拐跑
不願回到毫無米粒之家
空空也，念念也，亂亂也
眼淚從不是男兒的表情
刀客並不是亂世梟雄
發大水，吞噬著貧窮之心

別打業，別有狗叫聲
打打殺殺的過日子

信仰於母親的雙手縫紉
做鞋底，滿地燈花
慈悲深藏於星辰底下
愛的真諦跌入荒煙

慶字輩讀起父親的期盼
日月讓詩眼與天倫樂連結
翻新院子題字為明庭
回憶兒時的頑皮與淘氣
族譜的條幅有老詩人之淚
誰還惦記著夜的全家福

（四）家中有阿誰

轟轟烈烈地火焰沿燒著
千里歌，萬里戲曲
河南地方戲出場與鼓掌
轉個身，騎駿馬
唱出鄉人的內心話
離婚調，現代化，不丟人

半生緣由書帽說一說
出場的台詞轉情境
不知外面的世紀風貌
脫口秀鑽入百家燈火處

秀段子：頭在上，腳在下
哼哼唱唱曲子增福氣

開嗓子，聲音軟，走戲台
主角兒唱入靈魂深處
男旦有著江湖俠義
下腰身，女旦梨花淚
離別曲，打武昌，正傳唱
小女子追著小生來私奔

七品芝麻官四處轉
說話劇，拍電影，會上癮
百姓是頭，當官有理

打麥場來遊戲，日日樂
孩子們挑老兵，帶馬城
老詩人唱著「一曲走天涯」

小姑娘趕著集，唱小曲
一隻毛驢走不走
孩子們吃著硬火燒
咬緊牙關撐起了推門聲
新年掃房子，跳格子
灶王爺生著火，黑著臉

家家包元寶，家家磨豆腐
殺年豬廚房鹽巴不可無

殺年雞廚房習俗不可忘
發發麵，吉祥話，星光滿天
母親坐窗邊剪紙貼紅春花
堂屋好熱鬧，問近況，說些事

打鬼子，光赤腳，到處講
孫中山，坐飛機，傳遍鄉里
抓手心：笑不笑是好人
春風不識字，秋雨不懂詩
唱俚語，小日子來押韻
吃穿文化於老太太的嘴皮上

放逐，山河——
致恩師敬介老師《放・逐[1]》

（一）思緒定格

歷史將我們漸漸縮小
煙硝　子彈　避難所
日不落帝國，射殺子民
青春的夢以筆墨出發
藍圖粉碎於墓園的哀傷

百合花是母親的等門

不該寫詩揭發昨日的案情
不該寫詩以負面思緒定格
落落長的文字，落款
我的名字印在他們的眼睛

我需要逃亡，電視機，流行樂
這些是綁架思想與紀念日
我還沒讀完詩集，及
那段滿分心理學的過往
生命是古典制約鈴聲

金字塔底部的人群
沒有時間哭泣

註1　本詩原發表於「人間魚詩社」臉書平台。

金字塔尖端的人們
沒有時間逗留
時間的長河起落不歇

（二）光點

我端看浪花的尖端
日出或日落
彈塗魚沒有專制的國度
童話的青鳥不適合
一點點煙硝味

躲避不及雨季的陰暗面
濕透衣物掛在牆壁

時間流入關卡不歇的密室
無法聽著人潮的無奈
流落於大街的孩童

血淚交織於星空光點
黑十字架的哭泣
死亡與子彈祭祀彼此的
生命最後的洩洪
生還者來不及流淚

將戰火寫破碎的日誌
面朝天空，聞到
空氣的新鮮度

苦思著下一回的輪替
所有利益葬在鋼盔

（三）轉念

不需要上妝的演員
詮釋著過往
仍沒有結局的情節
蠕動著蚯蚓，翻動泥香
影子是一輩子的跟隨

十五的月光，速寫
舞台打量你面容與雙手
觀眾只剩下情緒彭拜

寫下一首今天的詩
遠離再遠離深夜的淚光

不信任愛的味道
如同，初春花開花謝
恰似，春末折了落葉
誓言是鏡子的反射
生活圈掉入心境的深淵

月光如何抉擇影子長短
影子想要逃跑，落難
異鄉人正閱讀社會的變動
一張白紙染了血點

轉念，不需要任何理由

（四）貓膩

城市的道路裝滿落子
紅線考驗人的規距
白天的超速
晚上的壓線
我們停在日子的岸邊

有些貓膩是商業的交手
有些貓膩是異樣眼神
色相是接受學蛻變
獨處是草書跳躍

歡喜心與淨水落款

下午時光依靠窗台
接近體溫的暖暖
太多影像，太多聲音
聽見秋日的飄逸
置身事外的遠方戰役

太極與預言
他們需要飛鴿家書
算計與隔閡
我們在城市漂流
牧羊人趕著打工的人

（五）降溫

我們在旅程遇見風聲
清晨為憂鬱降溫
又是一天銜接你我的
猜測，下一次偶遇
聽見大雨的一週大事

我們相識的方式
有錯誤、有和解、有猶豫
心情的溫度是紅色數字
快樂頌是孩子的歡樂
真善美是成人的追求

風化的時間由沙漏落下
抓不住白晝
收不回太極的協調
飛白的山水畫
展現自然格調與慈悲

光陰的行囊，落下草稿
篆刻印章，深深的
書寫宣紙，輕輕的
我們端看星光的寂靜
將速寫內心的靈感

遠方有極光——
致詩人江郎財進
詩集《愛的時光隧道[1]》

（一）捕撈童年

鄉愁踩漫天風沙的防風林
捕撈童年的軌道與星辰
夏至的滿身大汗，殊不知
用愛發電無法供應室內溫度

原鄉是家屋的心靈大門
四合院是歷史的扉頁
精靈搬走光陰足跡
母親縫紉是月娘歌聲

現代理論提出大地之母
燭光照在夜中，聖母的慈愛
路燈靠著滿月依賴成夢
紅色蘋果滋養回憶

藍鵲為愛起飛，擔起國族
揮別這樣飢餓的年代
不富貴，笑容滿面

註 1　本詩原發表於「人間魚詩社」臉書平台。

靈魂的深淵需要鹽的味道
男孩們一起騎馬打仗
母親與百合是極光的展現
你的信仰是文字的鐘響
詩歌呈現我們的悸動

飛魚徘迴於古老的傳說
手足追逐潮汐的起落
佇立於風雲驟變的氣侯
母親的廚藝是發育的營養

（二）讀透鄉愁

南北極的磁場互相吸引
一張漁網是海洋回音
打撈記憶的長短調
滿天塵埃駕馭異常天色

夢的行旅看見光的清醒
抓住生活的連續劇，他們
配角也贏得春的綻放
禪定不再歲月更替

色或相，時間輪迴於我執

戒不掉抱怨與懊悔
一把劍刺穿深夜的曇花
詩歌涵蓋我們的暖暖

山脈的輕盈勾起青澀的
沒有邊際的藍天白雲
害怕城市的框框綁住想像
女書的字掉入古代的井

會吃人的禮儀是文化的圈套
打卡的景點吞噬未來式
看著照片訴說沒完的話題
誰知海水很遠，夢很近

炙熱的土地吹起颶風
傷亡數字是跑馬燈
新聞為案發現場快報
非戰役的末日論調

生活最初的理想化
我們將為春的眾神寫詩
生滅不休，聚散有序
沒有讀透鄉愁的苦

（三）鼓掌聲

夢的海馬迴是重疊幻影

母親在床邊叮嚀瑣事
家屋的循環是月光的指引
門口堆滿雙雙對對鞋子

不夠憂鬱的氣候
陰天是否為詩人的歌
花冠是佳人的低語
海是夢想的潮汐

心情的波濤進駐於海岸
彎彎眉角為往事曲調
聲聲慢，慢聲聲
彩虹座落在雨季後

花都有故事的回響
生命的鼓掌聲於春日
鄉愁沾滿童年的鐵環子
任何事件來自抉擇

回收自我的情緒
站在田野調查的數字
而我，風聲的呼嘯
而你，一片草原

城的未來是迷茫時間點
陽光從烏雲透出光線
季節是美好的懷念

我們寫入日記，也許
青春才是唯一信仰

（四）生之自然

快樂是急速的光年
嫦娥的美貌是傳說之影
登上月球尋找七夕的情話
此刻，花絮落下一首詩

（月娘是甜美的光暈
一杯酒澆在樹下）

語句描繪當下的節拍
疾病是顯學的哲理
沒有時間的鄉愁
種植於城邦的呼喚

（知音在人群中走散
我曉得今年他不再回來）

我們尋覓僻靜之處
夜幕的北極星是放空
想問起戲曲的主角
如今身在何方？

（不用詮釋戰役的怨
穿上制服，收回表情）

紙上談兵是思惟的架構
這些詞彙形容天氣
將奔走於沙塵中
桐花飄飄，生之自然

唯有花開——
致詩人洪書勤詩集《唯思念 倖免》[1]

（一）淚水、葉影

信仰與天意是歲月長河
處於罌粟與戰亂之間
遠遠的觀音在流淚
線上遊戲延續日子的劇情

黑色幽默的戲碼詮釋

我的夢從清晨散開
詮釋心底的光影
倒敘靈魂深處的祕密
令人心神領悟是菩提樹下
雨絲落在心坎的迷濛

尋找一處僻靜，供養你我
清晰可見的路途將邁進
城市的喧嘩不息，由燈光
祭奠昨日錯過的抉擇
機會與命運是透明的窗台

註1　本詩原發表於「人間魚詩社」臉書平台。

不可以亂丟菸蒂的限制
菸絲擾亂今日的修行
生活道場有數不清情緒
煙硝讓鄉愁消失殆盡
收拾家書的淚水、葉影

午後有遠方寄來相思
零錢聲在口袋發酵
酒醉說出實話的下落
良知是天地過客的劇本
陰陽交錯是雲的離合

即將入定，動或靜悄然前行

轉珠是心境的必要條件
口念善的迴向，燈火閃閃
燒毀一生的幻境
不再為落寞宣洩哀愁

（二）草圖、底稿

一眼望穿自己的希冀
天燈高飛之必要
作為夢的風格，夢的
破滅、擔憂是遠方
聽不懂的方言

陽光的出口給予期盼
無一倖免的憂鬱
黑森林的迷霧
讓山嵐帶來靜的哲學
歷史藏匿未知的

煙絲如冰涼的秋
點燃世紀末的藉口
是否，剪下自在的思維
暗夜的草圖、底稿
將洗滌心靈的金字塔

神遊是詩詞的名堂

自動書寫的時刻
瞬間臣服在自然界中
風帶領夢的花絮
雨季使心境漸漸淡然

幾天的時間
綻放路邊的花朵
玻璃窗的溼氣模糊
文字的缺角拼湊
不完整的夜的微光

一丁點果香
把童年藏在古詩十九首

一丁點檀香
捕捉虔誠美好的光陰
山海一線的行進

（三）心靜、敘述

坐落在銀河系的相思
他鄉的街他鄉的苦
一杯烈酒燃起燈火的幻境
你的夢落在陌生領域
不該說出多年的愛與恨
是否，無結局的詩詞

花朵落地無聲無息
不見商店門前的芬芳
也許是巨人的肩膀
正相信寂寞與歡送交換

遠望身心健全的希冀
社會的文明病無計可施
難以心靜難以敘述
一塊大餅佈施給苦難者
雲海遮掩你的傷疤

前世今生的業，不願開啟
因果的循環寫滿稿紙

此刻夢比海更深
你的魂魄吞噬舊夢
舊夢有收不回的足跡

時間是成長的火侯
慢慢燉著不熟悉的城邦
需要額外的嚐鮮
拋棄多愁善感的字詞
計算瑞雪的降臨

一碗湯裝進飢餓的時辰
一炷香的祈禱文再也無法
讓死去的回憶復活

復活節是嘉年華遊街
虛構自己行旅，再虛構

（四）臣服、彎腰

颱風的氣流包圍平原
吹亂天地的契機
暖暖的秋日讓葉子
落在地平線上
溫室效應是失落帝國

冷熱不均是詩的消失
生命哲學藏匿角落

仍是臣服、彎腰
繞著時鐘圓形順走
燭光照著世界的脈動

全黑的螢幕帶入亂碼
無法出現生活平衡
駐留在異國風情畫面
進入荒蕪的情節
在島嶼，不成人情冷開水

幽靈飄於街角飄盪
夜開始抗議無眠的星
一點點香水，嗅著
明日穿越亮麗的時空

島嶼是否抵達心靈感動

地球儀轉過赤道界線
氣候協定似有若無
人們燒過信仰的紙張
神祇在雨季指引
杜絕，虛偽的形容詞

我們對話與面容閃爍
夢的倒敘將為旅程轉彎
如此隱喻為簡約而笑
仍是臣服、彎腰
歲月的禮儀由此出發

立文學 01

赤腳而行

作者　｜丁口
特約主編｜蔡富澧
特約編輯｜一起來合作
執行編輯｜陳信寶
封面設計｜賴佳韋
內頁設計｜黃淑華

出版　｜魚田文化有限公司
台北市大同區華陰街91號14樓之1
出版專線：0921-300-192
電子信箱：yutianculture.co@gmail.com

母體單位｜社團法人台灣人間魚詩社文創協會

總經銷　｜聯合發行股份有限公司
新北市新店區寶橋路235巷6弄6號2樓
電話：（02）2917-8022

印製　｜卡樂製版印刷
法律顧問｜寰瀛法律事務所　王雪娟律師

初版一刷｜2025年6月　Printed in Taiwan
定價　｜400元
ISBN　｜978-626-99251-1-7（平裝）

魚田文化

赤腳前行／丁口作. -- 初版. -- 臺北市：
魚田文化有限公司，2025.06；
304面；13×19公分. --（立文學；1）
ISBN 978-626-99251-1-7（平裝）
863.51　　114005135